U0934707

我们共同走在高山步道上，

在月亮以西，

太阳之东。

林满秋 著

上海文化出版社

1 序

5 太平洋山道在哪里?

10 西雅图夜未眠

24 20 公斤的背包

33 一人走，两人走？

47 徒步在熊的国度里

59 迷雾枯林

69 染紫一片唇

77 云深不知处

85 草原上的小木屋

96 大雨大雨一直下

106 把山剃光头
116 湖滨散记
126 时间的荒野
132 听，雪的声音
146 跌入溪谷
158 又回到山道上
165 掀开新娘的面纱
173 月亮之西，太阳之东
183 霜叶红于二月花
190 饥饿体验日
198 女王的玫瑰

PACIFIC CREST TRAIL
SNOWGRASS TRAIL 96

序

我第一次踏上太平洋山道，是在1999年秋天……

最初想写太平洋山道的徒步故事，已经是好几年前的事了。

迟迟未动笔，一方面是难以将眼中所见到的景色和行走于荒野中的乐趣形之于文字；另一方面是在太平洋山道徒步已是我们每年必做之事，已成为生活中相当重要的一部分，如此近距离的写作，可取用的题材太多了，反倒难以精确地掌握，怕写得太多，又怕说得不够，一直难以锁定焦距。

还有一个原因是，带领我走向荒野的是我的先生，在文中绝不能不提到他。他是个很重视隐私的人，不希望太暴露私人的经历，甚至不希望他的名字出现在文字中。他不反对我写，但要求提到他时得用化名。这是一个很容易解决的技术问题，但提及一个没有情感的名字，写来总觉得不够真切。

因此，一年拖过一年。

有时想想，放弃算了。

可是，每当重新踏上太平洋山道时，想写的念头又蠢蠢欲动，心里的渴望一次比一次强烈，我知道终究是逃不掉的，于是认真思索如何动笔。

2003年秋天，当我们在太平洋山道上时，突然灵光一现，既然我的先生不喜欢名字出现在书中，何不将他化成“你”，以第二人称的写作方式来进行，就像书信一样，反而更能自在地表达心中的情感。

从山上回来后，我便开始动笔，然而，动笔之后，发现写起来还是不容易。于是写写停停，到初稿完成，我们又走了一次太平洋山道，并开始着手准备下次的徒步计划。

我第一次踏上太平洋山道是在1999年秋天。

那时，我们尚未结婚，我在台北，他在英国。

他有个好友居住在西雅图，他又特别喜欢华盛顿境内的太平洋山道，已经走过好几回，而且一再地游说我和他一起徒步。那一年，我被他说服了，就在中秋节的前三天，我们在西雅图相会。

这本书里所记载的便是那年的经验。

当时我怀着浪漫的心情去徒步，20公斤重的背包上肩后，才认识到那不是件轻松愉快的事。一路上，尽管好山好水，老天爷却不怎么赏脸，一连七天的大雨几乎浇灭了我的动力。我们之间也时有争执，所幸在荒野中，火气是难以持续的；而且愈走，我的脚步愈轻快，我也渐渐地爱上了荒野中的长途徒步。

就这样，我们走完了300多英里的路程。

在荒野中长途徒步，我的体能渐渐地强化了，心理也在不知不觉中产生了变化。在远离文明、人迹罕见的荒野中，我第一次如此亲近地徜徉于大自然的怀抱中。白天走在群山中，夜晚枕着芳醇的大地安然入眠，黎明在淙淙的溪水声中醒来；静观云海的变化，倾听微风拂过池面的轻声细语，闻着阵雨后山林的清香，我终于体会到约翰·缪尔（美国国家公园之父）说过的话："你要让阳光洒在心上而非身上，让溪流穿躯而过，而非从旁流过。"我以缪尔为师，以"心"体验太平洋山道的景致，不愿只当匆匆而行的过客。

原本一看到太阳就遮遮掩掩、涂涂抹抹的我，在行进中，也渐渐不以为意，最后抛头露脸，晒得一身黝黑，成了真正的山野之人。

在山道上，我们每天会遇到一两个人，有踽踽独行者，有夫妻、情侣，也有同性友人，或亲子档。每个人徒步的目的都不同，有的以挑战全程为目标，有的想借由走路沉淀心情，有的视为一种运动，有的则为了逃避现有生活中的烦乱，有的则为了欣赏自然之美。我们没有挑战的心情，也没有一次走完全程的打算，“行到水穷处，坐看云起时”才是我们的心愿。

之后，我们又在太平洋山道的不同地带走了好几次。对我来说，每一次都是新鲜的；对我的先生来说，却是重复的经验。原以为他只是为了运动，没想到他却说，想经由我的眼睛重新体验一次。

因为他，我才有机会体验长途的山野徒步；也因为他，我在大自然中更为怡然。经历了第一次长途的徒步后，我们决定继续走下去，在山道上，也在生活中。

太平洋山道在哪里？

平坦的林间小路到近乎垂直的攀石跳岩的步道……

克拉克不止一次说过，没有罗杰斯，
太平洋山道就不会那么快建造出来。
罗杰斯对山道的狂热着实令人感动，
更令人敬佩的是，他是个小儿麻痹症者。

太平洋山道在美国西海岸，英文名字叫The Pacific Crest Trail，意思是位于太平洋海岸山脉中高低起伏的步道。

太平洋山道的迷人之处不仅在于长度，更在于沿途优美的景观、丰富的生态和未经文明沾染的荒野。山道总长2650英里（4160千米），隐藏于太平洋海岸山脉之中，贯穿墨西哥与加拿大国界，经过加州、俄勒冈和华盛顿三个州，中间却没有人家、没有旅馆，远离城镇，除了几个大垭口、高速公路穿越而过，可以说是人迹罕至，幽静且寂寥。

山道蜿蜒于海拔4000到7800英尺（1000多至2000多米）间，涵盖了砂砾、岩石、丛林、草原、湖泊、瀑布、高山、峡谷、冰川和冰原等景观。气候从亚热带延伸到温带，白杨、梁木松、道格拉斯冷杉、亚高山冷杉、英格曼云杉都是山道上常见的落叶及针树林木。

太平洋山道上的动物，最受注目的莫过于黑熊了。黑熊习惯在谷地觅食，尤其冬眠醒来后，需要补充大量食物，它们的踪影时常出现于树林里、湖畔、溪边甚至山道上。由于熊出现的频率相当高，因此走在太平洋山道上，相当于徒步在熊的国度里。

花栗鼠、金毛鼠、鹿和灰毛土拨鼠也是山道上常见的野生动物。在林间或山道旁，可能会和麋鹿或大角羊不期而遇。害羞的大角羊较少在山道亮相，但在水草繁茂的湖畔却不难发现它的踪影。山羊在高山悬崖行走自如，只有春天雪融之际，山羊下山舔食矿物质，才有机会与之相遇于低海拔的谷地。

究竟是谁提出建造太平洋山道的构想，对此恐怕已难以查考，不过克林顿·克拉克绝对是一个具有影响力的人物。

1921年，住在美国东部的班顿·马凯提出了建造阿巴拉契亚山步道的构想。他梦想中的步道是从北部的缅因州顺着阿巴拉契亚山往南行，一路抵达乔治亚州。他希望这条蜿蜒2160英里（约3500千米），地形从平坦的林间小路到近乎垂直的攀石跳岩的步道，能引领徒步者从繁忙的小镇街道，走向人迹罕至的崇山峻岭之中。他的雄心不仅仅是建造一条长途步道，而是打造一个自然王国，同时修建一道对抗现代文明洪流的自然堤岸。他的梦想吸引了很多热爱山野的人，也激发了克拉克的梦想。

克拉克总觉得西部太沉寂了，希望有更多的人在山林间走动，于是在1930年提出了修建一条从国界到国界、横跨太平洋海岸山脉三个州的长途步道的构想。这条步道和阿巴拉契亚山步道一样，以自然景观和生态环境取胜，却比阿巴拉契亚山步道更为原始，因为途中没有经过任何一个乡镇。

这是一个伟大的构想，必然得耗资数百万美元、费时数十载、动用无数劳工才能完成。克拉克认识到要实现这个梦想，不能光靠热情，更无法白手起家，必须和既有的山道系统结合起来，才能达到事半功倍的效果。于是他将华盛顿州的冰山山道、俄勒冈的景观步道和加州优胜美地的缪尔山道划入他的山道地图中。

1932年，克拉克将步道命名为太平洋山道，同时举办说明会，向财团和政府展示他的理想并争取财源。可惜当时正值美国经济大萧条时代，能够募得的款项不多。克拉克于是转向民间团体——基督教青年会寻求支持。在他的游说下，基督教青年会决定和他一起实现这个美丽的梦想。

1935年，基督教青年会名下40个团体中的徒步者，在会里一位资深户外工作者瓦伦·罗杰斯的带领下，以接力赛的方式进行山道路线考察和评估。他们从墨西哥国境出发，用了两年的时间抵达加拿大边境。他们在山中徒步、探险，一共行走了2600多英里，一一记录途中所见所闻以及适合建造步道的场所和路线，罗杰斯再以地图的形式展现山道路径。

罗杰斯带队出发时，原本只是将它当成一般性的探查，然而待在山林中的时间越长，他便越发热爱这种长途的野地徒步，不知不觉中，克拉克的梦想也变成了他的梦想。他默默协助克拉克从事规划、组织和建造山道等工作，时间长达25年。克拉克不止一次说过，没有罗杰斯，太平洋山道就不会那么快建造出来。罗杰斯对山道的狂热着实令人感动，更令人敬佩的是，他是个小儿麻痹症者。

1968年，美国政府通过了保护自然步道系统法令，阿巴拉契亚山步道和太平洋山道同时成为美国法定的景观步道。在法令的保护下，山道的铺设与维护有了正当的名目，可以向政府支领费用；但在缺乏财源的情况下，所有的工作依旧由不计酬劳的义工们挑起。直到1993年太平洋山道被纳入美国森林局，太平洋山道协会才发出第一份薪水。

在太平洋山道的历史中，记载着许许多多的人对大自然的无私付出，这不仅是一条自然景观步道，更是一条洋溢着对山野之爱的步道。

因为他，

我才有机会体验长途的山野徒步；

也因为他，

我在大自然中更为怡然。

经历了第一次长途的徒步后，

我们决定继续走下去，

在山道上，

也在生活中。

西雅图夜未眠

是驴是马，背包一背，到山里走一遭就知道了……

在那当儿，我不能再说什么，只有试了再说。

这一趟徒步究竟会让我们变得更亲密，

还是变得疏离，也只有试了才知道。

这是一个冒险，一个关键，我决定试一试。

走出西雅图海关，一眼便看到接机人群中的你。你脸上挂着微笑，就像窗外的阳光，灿烂亮丽。

接过我手中的行李，你笑吟吟地说着：“仿佛又看到你从湖面朝我走来。”

从三万英尺的高空骤然降到平面，耳中的平衡系统还在调整中，你的声音好像来自遥远的山野，缥缥缈缈，但“仿佛看到你从湖面朝我走来”这句话却已在我心中扎了根，是它让我从台北不远万里而来。

已经好几年了，你一直游说我跟你到太平洋山道徒步，我也心动过，但一想起体能，还有能不能在野地生活等问题便打消了念头。我是喜欢走路，经验却只局限于郊区的山道，而且是像你说的散步，而非徒步。

1998年你离开太平洋山道后，拿起你所能找到的第一个电话，对我叙说山道中的种种经历。“当我走往深湖时，心中出现一种憧憬，你正在湖边等着我，我不由得加快脚步，心中澎湃不已。当我快要走到湖边时，仿佛看到你从湖面朝我走来……”我的心随着你那充满柔情的语调怦然跳动着，在那当儿，我决定了，下次陪你一起去。

走出西雅图机场，立刻发现9月的阳光是会骗人的。光亮亮、黄澄澄的光线里竟隐藏着丝丝凉意。

我们转了两次公交车来到华盛顿大学校区，你的老友杰克和玛格就住在那儿。

你说，杰克十几年前从华盛顿大学退休后，依旧住在校区附近。他们的屋子很舒服，里头的陈设很有墨西哥风味，很像一座博物馆。地下室是个独立的套房，平常租给学生，因为学期还未开始，房间空着，玛格很大方地让我们使用。

就在转入他们居住的巷道前，你停下脚步，要我回头看。

你满脸笑意，指着远处的云端，说道：“那就是雷尼尔火山。”

远处的天空云雾袅袅，火山的轮廓迷迷蒙蒙，看得不是很清楚。

你又说：“雷尼尔火山就像西雅图的富士山，每年吸引了无数访客，现在看不清楚没关系，在太平洋山道上可以看到它最迷人的一面。”

那句话挺诱惑人的，几年前特地去日本看富士山，老天不配合，只看到一堆飘来飞去的云雾。这次若能看清雷尼尔火山，就算是没白走一遭。

我们到时，杰克和玛格正好外出。虽然你知道钥匙在哪儿，但主人不在，我们没有进入屋子里，直接绕到屋后，从地下室的门进去。

屋子里堆满了东西，有些凌乱。

你一边泡着咖啡，一边说：“那都是我的装备和所需要的食品。”

你将咖啡递给我后，急忙从袋子堆中抓起一个袋子，从中拿出几块点心，喜滋滋地说：“尝尝看，这是我的独门配方，既营养又好吃。”

“这是什么？”我以眼神问你。

“山道点心。”

我咬了一口，细细品尝着。

“怎么样？”你像个等着老师打分数的学生，期待着我的反应。

“有焦味。”我说。

“烤得太久了，下次会改进。”你腼腆地笑了。

你又东摸西找了起来，从一个袋子里拿出一包包的食物。

“这是步道早餐，麦片加奶粉，只要冲水就行了。我们一人一天一袋，每袋90克；这是午餐袋，里头有三块步道点心、两块肉干、两片奶酪、六片起司饼干，很难想象这么多东西才200克重吧！”你又从另一个袋子里拿出一袋袋的食物包，“这是两人份的晚餐包，我昨天在REI买的，各种口味都有，每包300克。这样算一算，我们一人一天的食物重量是440克，还不到半公斤。哦，对了，明天早上我带你去逛逛西雅图海边的派克市集，下午去REI逛逛，那是全美最大的户外活动用品店……”

你滔滔不绝地说着，我却猛打哈欠。

你放下手中的东西，说：“我知道你一定累坏了，但我想看看你的装备。”

为了这次徒步，我也采购了一些行头，羽绒夹克、鞋子、大号的登山背包，光是这三样便已花去我不少钱。

我将东西从行李袋里一一拿出，你脸上的线条从明亮逐渐转为阴沉。

“也许我说得不够清楚……”你似乎想说什么，却欲言又止。

“怎么了？”我又打了个大哈欠。

“你的这些东西很好看，可是……”你那斟酌话语的表情，让我感到不安。

“怎么样？”我又打了个大哈欠。

“可是不太管用。”你终于说出口。

“为什么？”我又打了个大哈欠。

“这件夹克下毛毛雨还可以用，下大雨就不行了。”

“你担心这个呀，”我又从行李袋拿出一包雨衣，7-11买的。

“这是什么？雨衣吗？这么薄，轻轻一勾就破了，哪儿禁得起大雨？”你那疑惑的表情令我很不高兴。

“可是我们在台湾都用这个呀，台湾的雨那么大，也没什么问题呀！”我按捺住心中的不悦。

“在城市里淋湿了，衣服随时可以换掉，在山野里可没得换，而且又不容易干。全身湿漉漉的，不但不舒服，还很容易导致失温……”

“我准备了替换的衣物。”

“问题是，我们没办法背那么多东西。我不是告诉你，我们只能背一套换洗衣物，最多两套……”我斜靠在沙发上，一副快睡着的样子，你依然说个不停。“好吧！先不谈雨衣，我不是告诉你要买登山鞋吗？你怎么……”

“谁说一定要登山鞋？”一个大哈欠让我的话断断续续的，

无意中瞄了一下表，现在是台北的午夜，难怪我会这么困。我强打起精神来，解释着："我故意买跑鞋，是因为它的用途广，除了徒步，平常也可以穿。"

"我不是再三强调山道崎岖不平，又有很多石头，一定要穿登山鞋吗？这种鞋子太软了，脚很容易扭伤，万一你扭了脚，怎么办？而且这种鞋子又不防水，你难道要整天穿着湿袜子走路吗？"

我的脑子隆隆作响，好像快炸开的压力锅似的，真希望能先睡个觉，你却没有停止的意思，还将矛头转向睡袋。"我们要背的东西够多了，你还买一个这么重的睡袋，体积又这么大，背包怎么放得下？"

"是你自己说的，愈保暖愈好，我才会跟朋友借这个睡袋，你别那么挑剔好不好？"

"不是挑剔，是为了安全。我带你到野外去，就得为你的安全负责。我在邮件里不是写得很清楚，要准备什么东西吗？我真搞不懂，你怎么还会带这样的东西来呢？"

"你到底怎么了？我才刚来就对我说三道四的？"我的嗓门大了起来。

你往沙发上一坐："对不起，我是不应该这么说，但我生气呀！"

我也往沙发上一靠："我买的东西跟你期待的不一样，并不表示不能用呀！你要求太多了！”

“不是我要求太多，那都是基本的装备。”你又坐了起来，“山上的气候说变就变，很可能会下雪，你知不知道？”

“9月会下雪？你少唬人。”

“我不是唬你，山里什么事都可能发生，像你这样我怎么带你去？”

“不去拉倒，我明天就回台湾！”脑袋里的压力锅终于爆开了，如果不是累坏了，我真想转头就走。

“我不是这个意思……”楼上的开门声打断你的话，你压低声调说，“一定是杰克和玛格回来了。”

我将行李箱推向一旁，往床上一倒，还盖起被子。

“别这样，上去打个招呼吧！”你拉开被子。

“我可不想让你的朋友看到我生气的模样，你去跟他们说，我受不了时差，睡着了。”我又将被子盖上。

“别耍小孩子脾气。”你掀开被子，想拉我起来。

我将头一转，又将被子盖上。我倔起来时谁也劝不了我。

你无可奈何：“好吧，你睡吧！晚餐的时候再来叫你。”你将灯关上，临走前又加了一句，“玛格是烹调高手，她以前是《华盛顿邮报》的美食专栏作家。”

我隔着棉被低吼着：“没兴趣。”

兴冲冲而来，没想到见了面竟是一场争吵。

我拉开棉被，吐了一口气，让心情平静下来。我开始想接下来该怎么办，脑子里却混沌一片，不到五分钟，便昏昏沉沉地睡着了。

我睡得很沉，隐约感觉到你来叫过我，但就是起不来。

醒过来时，已经是凌晨三点钟，你已经睡着了。

我爬起来，坐在沙发上，静静想着我们之间的争执。

你会生气，我可以理解。在出发前，你再三叮咛装备的事，还说如果在台北不好买，来西雅图再买，届时你可以给我一些采购上的建议。

我没照你的要求做，一来是想到了西雅图后，不想把时间花在买东西上，可以在上山前享受一下这座美丽的城市。二来是我不确定会不会喜欢这种山野长途徒步，因此在购买时多了些其他的考量。你希望我买的防水透气夹克一件少说五六千元，还有上万元的；一双好的登山鞋也要七八千元，买那么贵的东西，日后要是派不上用场，不是浪费了吗?

你谨慎的个性，我是知道的。你在做任何事之前，都会做万全的准备，而且经常都是备而不用。但说到9月会下雪，我才不信呢！就算在高山上也没下得那么早。

我睁着大眼，盯着天花板看，愈想愈觉得委屈。这次可以说是为了你才来的，你不体谅就算了，还给我脸色看。

我心里盘算着，我可没有钱再买什么东西了，如果你真的那么在意装备，不如你去走你的太平洋山道，我留在西雅图观光几天，然后回台湾去。

问题是，好不容易安排的聚会，难道就这么不欢而散?

出发前，有个朋友还警告我说，别乘兴而去，败兴而归。她的意思是说，城市中的便利很容易遮掩一个人真正的性格，到了野外就不同了。是驴是马，背包一背，到山里走一遭就知道了。情侣结伴而去的，回来后不是更入佳境就是劳燕分飞，因而提醒我要有心理准备。

当时我还信誓旦旦地说，我们一定经得起考验，没想到还没开始走，就已经吵了一架，真讽刺。

真正进入荒野后，我们会不会吵得更凶？老实说，我实在没把握。我也不知道自己究竟能在荒野中待多久。

走长路我不担心，以前我也走过中横和南横，不过那时候是住在山庄里，至少可以洗热水澡。问题是，每天睡在硬邦邦的地面上，风吹日晒，在溪边洗澡，几天不换衣服，过着像野人般的生活，我到底能不能撑下去?

我愈想愈烦，整夜未再合眼。

你醒来后，未再提起装备的事，带我上楼吃早餐。

我尽量让自己看起来愉悦一些，好给杰克和玛格留下好印象。出乎意料地，他们并不在家。

“杰克和玛格每天早上都会和一群退休老人在西雅图湖区慢

走，然后一起用早餐，既可达到运动的目的，也是一种社交。”你还说，“杰克和玛格很享受这样的活动，也交了不少朋友。”

吃过早餐后，你带我去逛派克市集。

那不仅是个鱼市场，还有花市、蔬果摊、各种餐厅。我们在市场里一家你最喜欢的餐厅，面向大海，吃着当地新鲜的鱼粥。帆船、渡轮在海面上来来去去，空气中有一股新鲜的海味和西雅图的浪漫气氛。我终于理解你为什么那么喜欢西雅图了。

离开前，我为玛格挑了一束花，算是见面礼。

然后，你带我来到了REI。

你嘴里虽然说“是去见识一下”，我却猜到你心里打着什么主意。我已经决定不再买任何东西，不仅是钱的问题，再买，等于承认我之前买那些东西太蠢了。

REI果然名不虚传，就像一家百货公司。从滑雪、泛舟、扬帆、滑翔、登山到徒步，货品琳琅满目，应有尽有。最特别的是，四层楼的建筑东侧有一片人造岩壁，供攀岩者测试用品的性能。雨具部门有一间淋浴室，门上贴着醒目的标语：“可穿上任何店里陈列的防雨用品，站在莲蓬头下测试，淋到满意为止。”好有自信的标语！

建筑西侧外是个中国式花园，假山林立、溪水淙淙、小道蜿蜒，还有瀑布飞泉。那不全然是造景，也是个测试场所。小道上布满砾石、沙土、大小岩块和沼泽泥地，以测试鞋底的磨损度和耐滑度。

顶楼是书店与信息部门。书店不大，陈列着各种运动书籍。信息部则提供当月的活动消息。书店另一端是个活动厅，门外贴着一张活动表，有生态解说、步道探索、景观欣赏和维护、火山地质研究、生态与生活以及水中生态等，琳琅满目。楼下的走廊上还有个咖啡亭。

在喝咖啡时，你说："西雅图得天独厚，有大海，有深湖，有茂盛的森林，也有火山；夏天可潜水、扬帆，冬天可滑雪，适合各种户外活动，才能拥有REI这样的店。"接着，你话锋一转，提到昨天的争吵。

你说："你会产生这种误解，是因为我们对野外环境的认知有误差。"

我愣了一下："什么？"

你用你那惯有的慢条斯理的口吻说："我不该说你没有野地经验，每个地区的野地经验都不一样，在选择装备时自然会有不同的思考模式。我不该以我的方式来评断你。"

我低头啜饮着咖啡，以掩饰心虚。

"但是，"你顿了一下，"我太熟悉太平洋山道了。从二十多年前，我开始走这条山道，到现在已断断续续走了不下十回，那里的气候我太熟悉了，你的那些装备确实不行，我们得再买一些。"

我觉得自己蠢死了。我望了你一眼，老实说:“我买不起！”

“是我要带你去的，我就有责任顾虑你的安全，这笔账我来付。”

“那怎么行，我怎么能让你花钱？”这些年来我们在金钱上一向分得很清楚，谁也不欠谁。

“对我来说，这确实是笔额外的开销，”你耸耸肩，“但你想想，我们在山道上露营、吃自己做的点心，一毛钱也不用花。可是，如果我们不去徒步，而是改去其他地方旅行，光是租车和住旅馆的费用就会比买你那些装备多得多。”

我感到一阵羞愧，今早居然还想到自己在西雅图旅行，而你却从未想要弃我而去。一时间我无言以对，傻傻地看着你。

你也看着我:“我们就这么办吧！”

“可是，花那么多钱，要是以后用不上，多浪费啊！”

“怎么会用不上呢？”你的声音高了起来，“我常幻想着，我们可以去苏格兰高地徒步，去威尔士爬山，还可以一起走太平洋山道。可惜这几年来我在英国，你在台湾，没有什么机会一起去做这些事。这次是一个好的开始，以后我们还会有更多机会在野外徒步，那些装备一定用得上的。”

你的话感动了我，却也让我胆战心惊。

万一我受不了这样的徒步，怎么办?

在那当儿，我不能再说什么，只有试了再说。

这一趟徒步究竟会让我们变得更亲密，还是变得疏离，也只有试了才知道。

这是一个冒险，一个关键，我决定试一试。

湃普湖确实很美，幽远深邃，
湖面泛着宝蓝色的晶光，晶莹剔透；

青翠的杉林环绕着湖边，栉比鳞次，
好比一颗嵌着蓝宝石的绿坠子，
又像一面镶着绿框的明镜，
在那儿扎营必可洗涤一身的疲惫。

20公斤的背包

我两眼望着背包，实在没力气再将它扛起。

我心里虽然不甘愿，

但还是抿着嘴，将背包背起。

虽然少了一袋食物，我依然觉得沉重无比，

甚至连上肩都感到困难。

那是个阳光普照的秋日，杰克和玛格开车送我们到太平洋山道的入口——白垭口。

我们计划从白垭口往北走，直抵史蒂黑根，全程约300英里（4800千米），途中除了史诺克、史蒂文森和斯诺夸尔米三个大垭口穿过州际高速公路外，可以说远离文明，没有住家、没有公路，平常除了徒步者外，杳无人迹。

斯诺夸尔米垭口附近有个滑雪场，以及只有在滑雪季节才营业的旅馆。

全长2650英里的太平洋山道深入山林荒野，全程徒步者可以根据自己的脚程，将食物和必需品装成几个包裹，在出发前寄到临近的邮局，然后以四到五个月不等的时间，从墨西哥一路走到加拿大。不过，不是每个登山口附近都有邮局，有的离最近的小镇有一小时以上的车程，太平洋山道管理处于是委托途中的某些小咖啡店、杂货店或加油站，为全程徒步者提供包裹服务。

到了白垭口，才十一点，肚子也不饿，但一想到往后的日子里只能靠背包里有限的干粮度日，我们就决定在踏入山道前，在那儿仅有的一家餐厅用餐。

其实，那根本算不上是餐厅，只是加油站附设的商店，兼卖咖啡、热狗、汉堡之类的快餐，还充当太平洋山道的包裹服务中心。

每年至少有数百人全程走完太平洋山道，山道管理处为了便于全程徒步者领取包裹，在途中设置了十几个包裹收发点。全程徒步者只要在出发前依据自己的脚程，将所需的粮食、用品打包好，分寄到不同的地方，经过时再前往领取，一路上便不必为了食物、用品短缺发愁。我们在出发前也寄了一个包裹到斯诺夸尔米的包裹收发点。

我们各吃了一个大牛肉汉堡后，杰克和玛格以红莓汁代酒，为我们的荒野之旅举杯祝福。顿时，我仿佛成了即将出征的士兵，“劝君更进一杯酒，西出阳关无故人”，心中满溢慷慨之情。

背包一上肩，一阵剧痛立即从肩膀蹿及全身。出门前我用玛格的磅秤称过，这个大背包足足20公斤重。

玛格看我一副痛苦的模样，直问我：“你还好吗？”

我嘴里虽说“还好，还好！”，心里却暗自叫苦。

后悔已经太迟了，只好咬着牙关往前走。

每走一步，肩膀上的重担就好像多了一公斤似的，才走几分钟，背已被压得直不起来，不得不每走几步就抵着登山杖休息。

那天预计要走八英里（约13千米），在下午四点钟抵达阿拉斯加湖扎营。八英里的路并不长，但我们得从海拔4000英尺，爬上5300英尺。上坡路原本就吃力，肩上的重担更让我举步维艰。我的脚上仿佛绑着一颗大铅球，怎么举也举不高，沿途走走停停。经过湃普湖时，我提议就近在湖边扎营，你却不同意。

我宁可动嘴也不想再动脚，极力以湃普湖的美景来说服你。

湃普湖确实很美，幽远深邃，湖面泛着宝蓝色的晶光，晶莹剔透；青翠的杉林环绕着湖边，栉比鳞次，好比一颗嵌着蓝宝石的绿坠子，又像一面镶着绿框的明镜，在那儿扎营必可洗涤一身的疲惫。

你埋头看着地图，静静听我说完后，悠然抬起头来，指着地图说：“湃普湖在600英尺下，湖边离山道有一英里远，在那儿扎营，意味着我们明天不但得多爬这600英尺，还得多走四英里才能赶上原来的进度。”

600英尺不过才100多米，根本不算什么，但背着那个大担子爬坡，可没那么轻松。我不禁犹豫了起来。

你站了起来，说我们不应该停留太久，就提起背包，准备上肩。

我两眼望着背包，实在没力气再将它扛起。

你以鼓励的口吻说着：“你背的都是食物，会一天天地减轻，而且一两天后，你会愈来愈适应肩上的重量，就不会觉得重了。”

“你说得真轻松，眼前能不能撑到阿拉斯加湖都是问题，谁还管得了一两天后的情况。”我开始抱怨着。

你并不理会，拉紧背包的腰带，“锵”的一声，扣紧扣环。“你背得并不比我多，没有理由抱怨。”

你的话，我也当成耳边风。“谁规定徒步一定要背这么多东西？我们可以走个两三天，然后回西雅图，或者我们可以到有旅馆的地区徒步，这样就不必背帐篷、睡袋。干吗像苦行僧一样背这么重的东西走路，简直是自讨苦吃嘛！”我连珠炮似的说了一串。

“你说的那种徒步我也喜欢，也常在走，轻轻松松的，走起来很舒服，但不一样。走吧！”你看了我一眼，我依然纹丝不动。

你不得不又解开扣环，将背包放下。

“没有人喜欢扛着大担子，不管是无形，或有形。我会不惜千里来美国走太平洋山道，是因为这种长途的荒野徒步，可以让我享受到别的地方难以出现的景致。我承认这不是浪漫的旅程，没有路标，只能依靠地图、指南针和自己的脑袋来判断方位、选择路径，但它的乐趣也就在这儿。它给人一种全新的生存感，让人学会尊敬自然，懂得取舍。”

“现在可不是讲哲理的时候。”你就是这样，每次都喜欢说道理。

“这不是什么哲理，是我在太平洋山道多年徒步的体会。”你依然不疾不徐的，“我曾经在很多地方徒步过，但只有这种长程的、没有经过文明的徒步，才能体会到大自然的节奏。更重要的是，只有让自己置身于真正的荒野中，才能避免文明的诱惑，激发出潜在的本能。你想想看，如果在这方圆五英里处有旅馆，你还会不会想露营、想吃干粮呢？”

“当然会呀，我以前就常去露营。我们还故意不要住旅馆。”我说。

“两三天当然好玩，两三个星期恐怕就会受不了。”

我懂你的意思了。在这么长的时间里，除非没有，或供不起，不然没有人拒绝得了柔软的床、香热的饭和热水澡的诱惑。忘了谁曾说过，人性因文明而怠惰，也因文明而软弱，或许就是这个意思。

“为了避免诱惑，却残害肩膀？”我的心情渐渐平静下来。

“为什么不说锻炼呢？”你在我身旁坐了下来，“文明退化了现代人的肩膀，却又加诸许多无形的担子，难怪大家活得很没劲儿，唉声叹气的。”

你这番话颇有哲理，我不由得沉思了起来。

“一个人能挑多大的担子，现在你一定知道了。”你接着说，“因此，在准备这些装备时，我们必须割舍掉许多重要却不需要的东西，好比说你最爱的蔬果、我喜欢的巧克力及书本等，这何尝不是一种取舍的训练呢？这也促使我们去思考，什么是生命中最基本的东西。想想看，如果你没有能力在荒野中觅食，又扛不起这20公斤的背包，意味着什么？”

“无法在野地里存活两星期。”

“换句话说，你就体验不到在野地徒步两个星期的喜悦。”

“我们可以不必走那么长呀！”我承认你说得有理，但缺乏必要性。

“我们是该量力而为，但这些重量还没超过我们所能负荷的极限。根据体能专家的研究，一个人不能长期背、扛超过个人体重三分之一的重量，我们都在安全范围内。”

“你在安全范围内，我可不。”我斜睨着你。

你耸耸肩，从我的背包中拿走一袋食物，使劲地塞进你那已经很鼓胀的背包中。

“现在可以走了吧！”你的眼神中流露出恳求与鼓励。

我心里虽然不甘愿，但还是抿着嘴，将背包背起。

虽然少了一袋食物，但我依然觉得沉重无比，甚至连上肩都感到困难。

接下来的这三英里，就像30英里般漫长难耐，好像永远也走不到似的。阿拉斯加湖，是谁取的湖名？不管是巧合还是偶然，倒让我觉得真的要远赴阿拉斯加似的。

我咬着牙，一步一步地往前走，幸好这一路都沿着5000英尺的等高线前进，不必爬坡。但我的脚步还是愈拖愈长，你在我身后不停地用阿拉斯加湖优美的景色诱惑我前进。那一段话我早已倒背如流了。

四点钟，我们依旧在山道上，阿拉斯加湖还在两英里之外。

五点钟过后，斜阳悄悄滑进山林，夜色以一种极快的速度笼罩山道。熊活跃的时间到了。你虽然没说什么，我却感觉得到你的焦虑。你的频频催促和肩膀的疼痛使得我暴躁了起来，我又开始后悔不该跟你来。我猜，你一定也后悔带我一起来。

最后那一段路是怎么走的，我毫无印象，只知道两条腿像鼓棒似的，一高一低，一前一后，机械地往前迈。

一到湖边，将背包一放，我瘫靠在一块大岩石上，无声地呻吟着。

你放下背包，说道：“我扎营，你煮饭。”

你动作利落地拿出帐篷，我却动也不动。

你扎好营后，又忙着打理背包，我则闷声不响地爬进帐篷里。

你在外面喊着："怎么还不做饭呢？"

我实在太疲惫了，无力地应了声："我不想吃，你要吃，自己做吧！"

或许是肩膀上剧烈的疼痛占据了我所有的知觉，我真的不觉得饿。我想揉一揉，不碰还好，一碰竟像刀割似的，痛得我泪水直流。

你爬进帐篷来，不悦地嚷着："喂，我们说好了，分工合作，别像孩子一样耍赖。"

"我的肩膀好痛。"我真的像孩子似的哭了起来。

"让我看看。"你拿着手电筒，拨开我的衬衫。

我痛得大叫出声。

"有道红色的伤痕，像被人用鞭子狠狠抽过似的。"你心疼地说着。

你从背包里拿出一个红色小包，里头有各种药品和绷带，一边替我上药，一边恼恨地说着："当时我真不该妥协，没让你买那个背包。"

在REI时，我们为了要不要买背包争论了一番。你说我的背包肩带太细，背起来不舒服，我则为了省钱，硬是不肯买新的。为了省那一点钱，竟换来这么多苦头。我终于认识到装备的重要了。

你说：

以前我独自走时，

每当看到美丽的景色，

我心里便想着，

要是你也能看到，

该有多好。

我要你看到树叶上的嫩芽，

野地里的小花，

鸟儿身上的羽毛，

我要你看得清清楚楚。

一人走，两人走？

我像独眼龙一样，透过一只眼镜看着阿拉斯加湖。

一阵风吹过，松针飘然飞落，
宛如绿色雨丝在空中翻飞。
我伸出双臂，仰头观看，
任由翠绿的雨丝飘落在手中、在颈间、在发梢。

隔天醒来，肩膀依然疼痛不堪，更糟糕的是，眼镜在睡觉时压破了。

昨晚实在太累了，摘下眼镜后没放进盒子里，随手一放，没想到竟会发生这种意外。眼镜镜片上有三道裂痕，轻轻一碰，镜片便掉落下来。

“破了就算了，”你一边收睡袋，一边说，“吃完早餐后，我们来处理一下你的背包，我想到该怎么强化肩带了。”

“可是没有眼镜我什么也看不见啊！”我依旧摆弄着那副破眼镜。

“你不是还有一副吗？”

“在西雅图，我没带来。”

“你没带来！”你的脸骤然垮了下来，“我要你带两副眼镜的目的，就是怕发生这样的事，你竟然将它留在西雅图！”

“我是为了减轻重量呀！”我也懊恼极了。

“少背一副眼镜，你也没有轻松到哪儿去呀！”

“你够了没？你要是觉得带我一起来那么累赘，我现在就回去。”

“你不是真的这么想吧？”

“我是真的这么想。”我嘲讽地说，“你这种追求新的生存感的徒步，我走不了，趁我还来得及回头，我尽早走，免得拖累你。”我冲出帐篷外，站在湖边。

昨晚来时，天色已暗，看不清它的面目，此刻依旧茫然一片。我黯然靠在树干上，心想，没有眼镜就像雾里看花，置身于美景中又如何？不如早早回去。我决定吃完早餐后就离开。

我转过身，你已从帐篷里出来。就在你我目光交汇时，我开始懊恼不该存着负气的想法。我避开你的眼神，说道：“我刚才不该那么说。”

你走过来，以拥抱回应我的道歉。

“我的近视度数并不很深，没有眼镜没什么关系。”我说。

“当然有关系，”你说，“山道崎岖不平，万一脚步踩空，准会跌得头破血流。吃过早餐后，我回去替你拿眼镜。”

我难以置信地望着你：“你是说，我们要回西雅图？”

“我一个人回去，你留在这儿。”

“干吗那么麻烦，没有眼镜无所谓呀，而且我会很小心的。”

“除了安全问题，我希望你能看到大自然中所有的细节。以前我独自走时，每当看到美丽的景色，我心里便想着，要是你也能看到，该有多好。我要你看到树叶上的嫩芽，野地里的小花，鸟儿身上的羽毛，我要你看得清清楚楚。”

你的话让我感动不已，一时间不知该说什么。

你开始煮水，准备早餐。

我静静地坐在湖边，看着你在野地中做早餐，心中洋溢着感动，却又因必须独自留在荒野中而感到毛骨悚然。虽然我经常在山林中活动，但都是跟着人群，从来没有过独自一人，万一遇到坏人，或熊来了，该怎么办呢?

我愈想愈害怕，惶然失措地说：“我不想独自留在这里，我会害怕。”

“没什么好怕的，那些作奸犯科的人会往城市去，不会跑到荒野来的。”

“可是万一遇到逃犯之类的呢？”

“若真有逃犯躲在山里，他必然会抢徒步者的食物，不可能没有风声的，况且这种状况从来没发生过，别想太多。”

你将麦片倒入杯里，冲水后，递给我。“我算过了，待会儿就走，十点半以前可以到白垭口，然后搭便车回西雅图，再麻烦杰克送我回白垭口，傍晚前可以回到这里。”

“那我要做什么？”

“你改良你的背包。”你说道，“你割下一段睡垫，缝在背包肩带上，这样背起来就不会那么吃力了。”

我心里还是忐忑不安，傻傻地望着你。

你故作轻松地说：“让你休息一天，调养一下肩膀，不好吗？”

你一定知道我心里还感到害怕，安慰我说：“缝好了背包，四处散散步。当你发现阿拉斯加湖很美时，就会庆幸能在这里停留一天，是一件多么棒的事。”

我还是很害怕，但没表现出来。

你在两棵大松树间系了一条绳子，说：“待会儿把睡袋拿出来晒，一来可去潮，二来让别人知道你不是一个人。”

你其实也担心我独自在荒野中，只是你不说罢了。

你又说：“若是遇到熊，千万不要慌，它的目标是食物，不是人。”你嬉皮笑脸的，故意逗我，“假如熊拿到了食物或背包，识相点，千万不要问它，‘那是我的，还是你的？’在熊的观念里，到手的东西就是它的。”

你最后叮咛我，没有眼镜不要走得太远，免得发生危险。

当你的身影消失在树丛中时，我克制自己不要追上去。我在帐篷前来回走动，一再地告诉自己别怕、别怕，害怕、担心都无济于事，你很快就会回来。但我就是惶惶然，焦躁、害怕得不知如何是好。

为了让心安定下来，我开始动手改良背包。

我用你的腰刀从睡垫上割下十公分宽的海绵，对切成两半；然后拿出针线包，将海绵扎扎实实地缝在背包肩带上。我故意缝得很慢，免得缝好后，心又慌乱起来。

一阵风吹过，松针飘然飞落，宛如绿色雨丝在空中翻飞。我伸出双臂，仰头观看，任由翠绿的雨丝飘落在手中、在颈间、在发梢。你说得对，太平洋山道中处处充满着惊艳，隐藏着令人意想不到的惊喜。风儿一阵又一阵地吹送着，我心中的不安渐渐随之飘散而去。

缝好背包，太阳还在林梢上，离日正当空还有段时间。我带着破碎的眼镜和你的腰刀在湖边散步。那把小刀割割草、切切果子还可以，若要防身恐怕发挥不了作用，但总觉得带着它心里踏实一点。

我像独眼龙一样，透过一只眼镜看着阿拉斯加湖。

很秀气的一个湖。湖面大约是两个运动场并在一起，不是很大，却很清幽。

三面环绕着林木，一股清流顺着北面的雪山坡地缓缓而下，像一条银色的带子，在阳光中闪烁着晶光。银色的山、蓝色的湖，果然有阿拉斯加的气氛。东边与南边是青翠的松林，绿色的林木倒映在湖面上，像一块铺在山谷间的翠绿的丝绸。西边的湖面围绕在一片被秋风浸泡过的金黄树丛中，金光灿灿，波光粼粼。

我沿着湖边小径走着，桦木已在9月的秋风中添加了亮丽的色彩。当风儿吹过，缤纷的树叶随之舞动，宛如飘飞在雪山帘帐上的金色蝴蝶，随风轻轻地飞翔，优雅地伴着远处的雪山及蓝天，一起投影在翠绿的湖水中。

如此美景，我多么希望你也能亲眼目睹，此刻，我终于理解你为什么会不远千里回去为我拿眼镜了。

想到你，心中一阵甜美，算算时间，你应该已经到白垭口了。

在湖边，我遇到了第一个徒步者。

一个头上包着蓝色碎花领巾、满脸胡子的青年，身上的背包并不比我们的小。从他那磨损的背包、黝黑的肤色、结实的体格和一脸大胡子，不难猜到他是个全程徒步者。他问我是否也是全程徒步者，我摇了摇头。

闲聊几句后，我问他怎么想到要当个全程徒步者。

他的答案挺令人失望的。

“没什么特别的原因，当初我和朋友想做件很不一样的事，却又想不到有什么特别的事可做，就来走太平洋山道喽。”

“原来你不是一个人？”可是我并没有看见他的朋友。

“本来不是，现在是。”他开怀地笑着，“我们分道扬镳了。”

他和朋友一起从墨西哥出发，共同走了一段后，两人因为作息时间不同，时有摩擦。他想一大早走，他的朋友却迟迟不肯起床；他想停下来欣赏景色，他的朋友又急着要赶路。他说那种互相揪扯的感觉真不好，决定各走各的。

“分开走以后，有时候会觉得寂寞，不过自由自在的感觉棒极了。”他似乎想证明自己有多自在，提高声调，“在山林中就要随心所欲呀！景色好的地方留久一点，躺在石头上看看天上的云，在溪边泡泡脚，或逗逗花栗鼠玩，多逍遥自在呀！”

当我们谈话时，他从背包拉出一根吸管，边说边喝起水来。他用的是一种专为长程徒步者设计的水壶，里头有一个过滤器，具有杀菌和净化水质的功能，价格不低。在REI时，我们曾为了要不要买犹豫了许久，最后还是放弃，改买化学药丸。

太平洋山道的溪水中含有两种致病细菌，必须经过杀菌处理才能饮用。当我们从溪里或湖中取水后，就放入一颗药丸，一小时后便能有杀菌功能。不过水会变成淡黄色，还有一股化学味道，不是很好喝。付出与享受，永远是成正比的，没什么好抱怨。

那个青年离开前还说，也许今天或明天，我便会遇到他的朋友，要我代为问好。

和他聊过天后，我更加放松了，一个人在荒野中其实没有那么可怕。

中午的太阳正好照射在帐篷里，无法在里头午睡，我便在湖边阴凉的岩石上坐着，心里挂念着你，心想，此刻你大概已经回到西雅图了吧！转念间，我又慌了起来，你会不会还在白垭口，因拦不到便车而焦虑呢？如果你现在还在白垭口，天黑前一定赶不回来，那么我就得独自在这儿过夜，那将是一件多么可怕的事啊！我的脑子里出现种种可怕的画面，心里也跟着慌了起来，幸好一阵狗声打断了我慌乱的思绪。

可是，荒野中怎么会有狗呢？

我正纳闷着，一只猎狗和一个女人远远而来。

"哈罗！"她先打招呼。

我也向她挥了挥手。

待她走近后，我不禁莞尔一笑，那只狗居然也背着背包，就像马驮着货物一样。她看出我的笑意，跟着朗声大笑："每个人都得扛自己的粮食，狗也不例外。"

"你们是从墨西哥走来的？"

她没正面回答，只说："看看我的样子也知道。"

她的衬衫相当旧，帽子也破了，好像经历过不少风霜。

她往地面上一坐，得意地说：“一个女人要独自走完全程，可不容易呢！”

“你怎么没想找个伴同行呢？”我问。

“谁说我没有伴？这不就是！”她拍了拍身旁的狗儿，“而且还是顶好的伴呢！”狗儿蹲在地上，吐着舌头，看起来精力旺盛。

她又笑着说：“长期独自徒步是很孤独的，但若要找个伴，不管男的女的，都有一堆麻烦，所以我决定带它一起来。你别看它瘦瘦的，凶起来可不得了哟。带着它，既可壮胆，也可以做伴，一举两得。”

她很随性，话匣子一开便没完没了。

“我们都怪别人跟自己合不来，抱怨这个人不好，埋怨那个人不了解你，可是想一想，自己跟别人又何尝合得来呢？朋友都说我是个怪人，原本我还不觉得，经过这一程后，我开始相信自己真的有点怪。”

“怎么说？”我觉得很好奇。

“你想想，一个女人带着狗在山道上走了四个多月，如果不是有点怪，怎么会做出这么异常的事呢？”

我们相视而笑。

“狗是人类的好伙伴，但毕竟不会说话，在漫长的夜晚，难道你不会想和人说说话？”我问。

“你一定是才刚踏上太平洋山道，而且是个新手。”

“何以见得？”我心里更加好奇。

“只要在山道上待上一阵子的人都会知道，山道上流传着一些术语，其中有一句是：‘九点是徒步者的午夜。’这话一点儿也不夸张，我经常八点不到就已经呼呼大睡了。山道上的夜是很漫长，但不寂寞。”

她说完又哈哈大笑，真喜欢她那开朗的性格。

我们又闲聊了一会儿，她继续踏上旅程。

望着她和狗儿离去的背影，我当下明白了一件事：一个人走是一件很棒的事，但我做不到，就算我带着十只大狼狗也无法像她那么坦然。你离开后这几小时，我虽然沉醉于湖光山色中，也喜爱寂静的林野，但心中依旧感到很不安。

过去，我曾独自在许多国家旅行，但毕竟是在人群里，在我所熟悉的文明社会中，那一套经验与自信移植到山林野地里就变得不管用了。我一直以为自己是个山野游客，此时才惊然发现我对山林是如此陌生。

我沿着湖边小径转入一条松林步道。

这条步道不像太平洋山道维护得那么好，可能是猎人打猎时走出来的。我提醒自己不该太深入，却又停不下脚步。这条步道很幽静，还有种让人想一探究竟的神秘感。

我慢慢地走着，林间不时飘下如细雪般的鹅黄碎片，偶尔还夹杂着短暂的“吱吱”叫声，举头观望，只见丝丝白云从蓝天飞过，不像个会下雪的日子。不是雪片，不是雨丝，也不是春天的落英。鹅黄细片在阳光照耀下透明澄澈，比黄玫瑰花瓣更鲜嫩，比琥珀更光华，不知不觉愈看愈入神。

忽然，我的后脑勺遭到突袭。

转身一看，原来是一颗球果，不用猜也知道，是小松鼠干的好事。

球果连枝带叶，已被啃食了大半，翠绿色的外壳包裹着鹅黄的果肉。我欣喜地叫着，原来那鹅黄细雪也是小松鼠的杰作。

松林是北美洲常见的植物，9月正是球果成熟的季节，小松鼠坐立在松枝间，两手捧着鲜嫩的球果忘情地啃着，啃得树林里细雪纷飞。一阵骚动后，林间又静了下来。我继续往前走着。

这片松林很密，也很老，我的心情又陷入孤寂中，思绪随着步伐在松林中一起一落。

我问自己何以会感到如此不安？是因为我的山野经验不够，还是我根本就怕寂寞？我边走边想着，丝毫未察觉步道愈来愈窄，两边的松林愈来愈密，在阳光难以穿透的地方显得相当阴森、冷峻。

林间又掀起一阵骚动，抬起头，却看不到松鼠的身影，此时才发现自己正置身一片密林中。林木重重叠叠，只见林叶间隙透出点点晶亮，一闪一烁，像阳光，也像隐藏在树林里的眼睛。我有种被窥看的恐惧感，一股寒意从背脊蹿了上来。

我环顾四周，想看个真切，那副破眼镜却没带在身边。发自幽暗处的亮光，依旧闪烁、晃动着，像几千只眼睛盯着我看，还逐步逼向我，我浑身战栗，慌乱地转身往阳光处跑回去。

我一直跑着，树林因我惊慌的步伐而骚动了起来，松鼠在我头上的枝叶间奔蹿，鸟儿群起直飞。我像只误入丛林的兔子，惊慌失措地在深邃的林洞中奔跑着。远处的阳光像一束光，在步道的一端向我招手。

一个人影迎面而来，逆着光，看不清长相。

我继续跑着，管他是谁，我只想快一点跑到有阳光的地方。

我愈跑愈快，那个人也跑了起来，还叫着我的名字。

是你的声音!

我停下脚步，只见一个黑色身影朝我跑来，不敢确定是不是你。

黑色身影愈跑愈近，我眯起眼睛，仔细看着，真的是你。

但还不到四点钟，你怎么可能这么快就回来呢?

我盯着你看，一眨也不敢眨，生怕那张熟悉的脸会在一瞬间变成魑魅。

你朝我走来，带着我遗留在西雅图的眼镜，将它挂在我惊喜的脸上。

“我到了白垭口，打电话给杰克，谢天谢地他们在家。我告诉他事情的经过，杰克二话不说就答应替我送来，我才能这么早回来……”你看我一副惊魂未定的样子，不安地问，“你怎么了？”

我摇摇头，什么也没说。

你又说：“我在营地看不到你，就四处找你，你怎么会跑到这条废弃的步道上来？”

我还是摇着头，拉着你往阳光处走去。

夜又静了下来。

在黑暗中

我仿佛看到了闪烁着星光的林野，

笼罩着缥缈雾霭的湖面。

如果不是怕熊出现，

在这寂静的夜色中散散步，

必然是很浪漫的。

突然，一阵窸窸窣窣的声音响起，

我已松弛的神经顿时紧绷起来，

隔着睡袋碰了碰你的手肘：

“熊来了！”

徒步在熊的国度里

一切准备就绪，我的心却怦怦跳个不停，生怕熊真的来了。

我静静听着外面的玩乐声，

突然想起中午将一块未吃完的点心

随手塞进背包的侧袋里，

不知道会不会沦为它们的消夜?

熊出没，小心!

在白垭口山道入口处的布告栏上，我看到了一些关于熊的警告标语及防熊守则。

对于熊，我并没有太大的恐惧，可能是受了小熊维尼的影响。我甚至期待熊从草丛中探出头来，像小熊维尼一样笑眯眯地说：“今天的天气真不错呀！”不过，《防熊指南》上对于熊攻击人的事件言之凿凿，说它是最具危险性的动物，遭到熊的攻击，十之八九都难以保命，心中不由得多了一分戒备。

经过一天的休息，我的第二个山道之夜精神好多了，肩膀也不再那么疼痛。过了“徒步者的午夜”后，两眼依旧瞪得大如铜铃，两耳则随着帐篷外的声响，左抽右动，处于最高警戒状态。

为了预防熊夜晚突袭，我们依照《防熊指南》作了些防范。

首先，我们将食物包吊在树枝上。

熊对食物比对人更感兴趣，不过书上特别声明，这一点并不适用于灰棕熊，幸好在华盛顿州内没有灰棕熊，只有黑熊。我们依据指南上的说明，将食物包吊在离树干三米远，离地面四五米高的树枝上。这么一来，不管熊用跳，还是爬到树干上，都够不到食物包了。

此外，让帐篷保持在无食物气味的状态下，就不必担心熊突然造访，而发生“谁睡过我的床？”“谁吃了我的早餐？”之类的童话故事情节了。

我们还在帐篷入口处故布疑阵，将杯子、锅子、刀叉等东西散放一地。如此一来，熊要是靠近帐篷，必然会发出乒乓的声响。在它展开攻击前，我们还有反击或逃命的机会。

我们也在帐篷内触手可及的地方放了盘子、汤匙、手电筒和相机。如果熊真的来了，我们一人用汤匙敲盘子以噪声惊吓它，一人用手电筒直射它的眼睛。守则上还说，熊怕强光，相机的闪光灯很管用的。

一切准备就绪，我的心却怦怦跳个不停，生怕熊真的来了。

夜，好静好静。

一阵风刮起，像少女披散的长发，被密林里的松针梳理得刺刺作响。梳整完毕，风儿将长发一扬，扫过外帐，“咻”的一声，飞向湖边去了。

夜又静了下来。在黑暗中我仿佛看到了闪烁着星光的林野，笼罩着缥缈雾霭的湖面。如果不是怕熊出现，在这寂静的夜色中散散步，必然是很浪漫的。

突然，一阵窸窸窣窣的声音响起，我已松弛的神经顿时紧绷起来，隔着睡袋碰了碰你的手肘:“熊来了！”

你松开睡袋，露出一只耳朵，倾听了一会儿:“熊不会那么秀气的。”

“那会是谁？”我还是不放心。

“大概是花栗鼠或松鼠睡不着，跑出来办家家酒吧！”

“你确定不是熊？”我的意思是说，难道你听过熊活动的声音?

“不是。”你又拉紧睡袋，整个身体包裹在睡袋中，只露出呼吸的鼻子和嘴巴，看起来很像木乃伊。

你曾告诉过我，十几年以前，你走完太平洋山道，从俄勒冈州出来，在离镇上不远的一个营区露营。那天天快亮时，你被一阵声响吵醒，那声音又大又响，刷刷刷，呼呼呼。当时你没想到会是熊，以为是狼或狗在营区的垃圾桶翻找食物，并不以为意。早上起来，营地管理员消遣你说，幸好你睡死了，不然准会被熊吓死。他模仿起熊走路的样子，唱作俱佳地说：“一只大黑熊在你的帐篷外徘徊了很久、很久呢！”那时你才知道，那嘈杂声原来是熊发出的，顿时头皮发麻，心有余悸地说道：“幸好帐篷里没吃的东西。”

我静静地听着外面的玩乐声，突然想起中午将一块未吃完的点心随手塞进了背包的侧袋里，不知道会不会沦为它们的消夜？想吃就吃吧！我心里默默说着：“小花栗鼠、小松鼠，或其他任何的鼠类朋友啊，你们尽情享用吧！只要不发出令我神经紧绷的声音就行了。”

声音真的停止了，鼠儿大概吃完消夜，回去睡觉了，我却还睡不着。我翻了个身，换个舒服一点的姿势，希望早点入睡。

你的打呼噜声透过睡袋传了出来，我在心里突然冒起一个问号，这些野地里的动物听到你的呼噜声，会有什么反应呢？是见怪不怪，还是像我现在一样紧张兮兮的呢？

我摇了摇你，你哼了一声，又沉沉入睡，打呼噜声节奏般地持续着。我将头钻进睡袋里，试图将干扰降到最低。

你的呼噜声虽然干扰我，却有种安定作用。如果你今晚赶不回来，我独自夜宿于此，那将会是一种什么样的折磨？我想都不敢想。我不禁想起那个女人和她的狗，此刻早已过了“徒步者的午夜”，狗儿必然已经伴着她进入梦乡了。

我迷迷蒙蒙地睡着了，心却没有真正放下，一有风吹草动就会醒过来。我时睡时醒，猛然间一种楚楚—喳喳、喳喳—楚楚的声音惊醒了我。那声音相当刺耳，时远时近，刹那间，我沉睡的细胞完全苏醒过来。

“熊来了！”我惊慌地摇着你。

你“啊”的一声，眼睛还是闭着，好像一点儿也没听到外头的声响。

我更用力地摇着你：“熊来了！”

你这才睁开眼睛，听了一会儿，然后摇着头：“不像熊。”

你又把头包在睡袋里，我也躺了下来，心里依旧怦怦跳着。

那声音还是持续着，刺耳得不得了。

你动了动，似乎再也睡不着了，翻来覆去的，终于坐了起来：“这叫人怎么睡嘛！我去瞧瞧。”

“小心点。”我也跟着坐了起来。

你拿起手电筒，拉开帐篷，趴在门口四处张望。

“原来是你在捣蛋。”你挪开帐篷前的锅、碗，走了出去。

“怎么回事？”我好奇地问。

“一只松鼠钻进塑胶套里，出不来，正使劲地挣扎呢！”

又是松鼠！我松了口气。

经过松鼠这一闹，你睡意全消，开始侃侃而谈。

“熊虽然危险，其实没有传说中的可怕，特别是黑熊。如果你不去挑衅它，它又不处在极度饥饿的状态下，它是不会随便攻击人的。不过，有一种情况得特别注意，那就是当母熊带着小熊时，最好离它们远一点。当母熊发现人类靠近小熊时，不管对方是善意还是恶意，会立刻展开攻击。所以看到小熊时，不管母熊在不在它身边，千万别靠近它，否则当母熊从背后跳出来时，想跑都来不及了。”

“到底曾有多少人死于熊掌下呢？”我问。

“在我的记忆里，以熊的国度而闻名的北美洲，这十年来被熊攻击而丧命者不到50人。”你说。

这个纪录少得让我吃惊，也安心不少。

你接着说：“从受动物攻击的伤亡比例来看，熊的攻击性就显得更低了。每发生一起人死于熊掌的意外，就有8个人被蜘蛛毒死，13个人被蛇咬死，34个人被狗咬死，90个人被蜜蜂和黄蜂蜇死，190个人被雷击死。由此可见，在野地里，熊不是最危险的。”

正想夸你的记性好，你却话锋一转，紧接着说：“缺乏对大自然的认识，才是野地活动中最大的危险。比方说在没有足够的装备下上路，在没有好的地图下逞强冒险，在不该扎营的地方扎营……”

“扎营有什么难的？不就是找个平坦的地方吗？”我问。

“你别小看扎营这件事，它可是关系着人命呢！”你的语气中隐藏着一股自豪，“选择营地得看风向、看水文。好天气时得特别小心，因为山里的天气说变就变，谁知道夜里会不会冷不防地刮起大风、下起大雨。要是把帐篷扎在风口，外帐很容易被吹走；扎在水道上，水灌了进来，睡袋湿了，很容易失温而死，这可比遇到熊还惨呢！”

你又拉拉杂杂地说了一堆，我的眼皮开始不听使唤了，哈欠连连。和你道过晚安后，心里祈祷着，野地里的动物朋友们别再吵了，让我们睡个好觉吧！明儿我们还有长长的路要走呢！

我很快地进入梦乡，不过还是没有睡得很沉。

不知道睡了多久，一阵乒乓声响起，我猛然坐了起来，大喊着：“熊来了！”惊慌之余抓起手电筒，对着帐篷入口照着。

“是我。”你的声音从帐篷外传来。

“怎么会是你？”我全身战栗着。

“我起来方便，忘了门口的障碍物……”你踉踉跄跄地爬进来。

呼，又是虚惊一场。

接下来几天，我们并没有看到任何熊的踪迹，不过关于熊的传闻却一直没断过。

有个山友说：“两个星期前，我在加州的山道上一共遇到了11头熊。”

有对青年则说：“前几天我们在溪畔扎营时，被熊的咆哮声吵得一夜未眠。幸好隔着一条大溪，熊没有过来，我们却吓得魂飞魄散。”

最令我震惊的是一个加拿大人在加州与熊赛跑的故事。

那位加拿大老兄遇到了一只大黑熊，情急之下拔腿跑了起来，跑了几步，惊觉自己犯了致命的错误——在这个世界上是没有人可以跑赢熊的。这位加拿大老兄暗自叫苦，心想这下子必死无疑。他没命地跑着，黑熊在后面紧追，眼看就要成为熊的囊中物时，他急中生智，抓着一棵大树没命地往上爬。

他爬呀爬，爬了大约三米高，心想这下总该安全了吧！可他往下一瞟，不由得又吓出一身冷汗，熊正抱着树干爬了起来，速度快得令他瞠目，眼看只差一个手臂的长度就抓到他了。他吓得脸色发白，想再往上爬，却已浑身发软，于是抱着大树枝，像小狗似的往横处爬去。很意外地，黑熊停了下来。它大概知道树干撑不了它的重量，望着在树叶中瑟瑟发抖的他。

加拿大老兄知道自己安全了，不过被熊盯着看的感觉一点儿也不好玩。他冷静了下来，《防熊守则》像跑马灯似的在脑海中跑过一遍。他记得有本书上说要摆脱熊的“目光”，最好的办法是静止不动，不要跟它的目光交汇。他像无尾熊似的抱着树干，动也不动地趴着，熊依旧看着他。双方僵持了约十分钟，熊滑下树去。他松了一口气，不过还是不敢大意，生怕熊使诈，躲在树下来个守株待兔。他在树上待了半天，确定熊已经离开了才敢下来。

他说得口沫横飞，我听得目瞪口呆，你却淡然一笑。

这位加拿大老兄离去后，你悠然地说："他唬你的。"

"你怎么知道？"

"他都说了，在这个世界上没有人可以跑赢熊的。熊如果可以参加奥运会，各国的快跑选手都没得混了，熊绝对能以加倍的速度打破现在的世界纪录。"

"如果真的遇到熊怎么办？"我问。

"装死啊！面朝下趴下，用手护住头颈装死，这么做可以减轻熊的威胁感。"你强调说，"不过，那仅限于熊受惊自卫时。假如熊是在饥饿时，或受到刺激扑上前来，就得立即还手。这么做是为了让熊知道猎物并不容易到手，最好知难而退。"

"可是如果没有武器，怎么可能打得过它呢？"

"总不能坐以待毙吧！虽然斗不过熊，但反击总有一线希望。"

我心里想着，最好还是不要遇到熊比较保险。

徒步了三四天，果然连只熊的影子也没见到，我开始松懈下来。

我们继续往北走。第六天，我们发现山道下的树丛中有一个小湖，你卸下背包，拿起水壶去取水。我在山道上等着，趁机歇歇腿，同时按摩一下肩膀。肩膀虽不像头一天那么痛，但依然未能适应这么重的背包。

你去了很久，我心里开始嘀咕起来，取个水哪儿需要那么久的时间，原想下去看个究竟，但一想到爬上爬下挺累的，也就按兵不动。

又过了十几分钟，你的身影从树丛中露出来。

“怎么去了那么久？”我问。

“走吧！”你答非所问。

你背起背包，行色有些匆忙，还催我快走。

到了预定的营地，你却说要多走一些，于是我们又继续停留在山道上。我们一直走到天色昏暗，才停下来扎营。我觉得你怪怪的，你却说我多心。直到第二天傍晚，你才告诉我，你在取水时看到了一只黑熊。

我瞪大了眼睛，听你说下去。

“它就在对面，我不知道它有没有看到我，我一发现它，立刻蹲在湖边动也不动，直到它离开后我才回来。”

“你怎么不告诉我？”我抱怨着。

“告诉你湖边有只熊，快去跟它照一张？”

“我是说你取水回来后。”

“怕你吓着，”你说，“幸好昨天黑熊在风头，我们在风尾，它闻不到我们的味道；要是风向相反，就算它没看到我，也会知道附近有人。”

之后几天，我们还是没有看到熊的踪影。不过，还有300多英里的路要走，谁知道在离开山道时，会不会看到它呢。

山道将我们带到最高点后，
一个大转弯，
迎接我们的不再是青翠的山林，
而是一幅令人悚然的景色。

一大片白色枯木，
密密麻麻地矗立在地表上，
宛如一支支钉在山坡上的白色长钉，
又像一具具白色的枯骨，
黯然挺立在天地之间，
作为大火的见证者。

迷雾枯林

在生命的过程中，繁茂到一定的程度，便会出现难以避免的败坏和死亡。

经过岁月的洗涤后，那些曾在风海中低吟高唱的林木，

已被雨雪漂洗得洁白光亮。

最高的枯木有五六米，从树干判断，

应该是冷杉之类的中生代林木。

醒来，大地笼罩在一片晨雾中。

薄纱般的白雾在河面上、在树丛间游走，缥缥缈缈，宛如仙境。

到了九点左右，浓雾慢慢散去。

太阳从浓雾中洒下一道金光，雾变淡了，溪谷开始展现婀娜多姿的一面。河边的山林宁静深邃，宝蓝色的河水映着墨绿色的

丛林，蜿蜒相随，就像一幅风景画，却胜过任何名家的手笔，实在美极了。

早餐时，你问我："在台湾，人们喜欢长途徒步吗？"

我知道很多台湾人喜欢走路，不过都是短程的，也就是美国人常说的"一日徒步"，至于长途徒步比较少听说。我想了想，回答道："台湾没有长途徒步的风气，可能是台湾没有长距离的山道吧！"

"台湾的山那么多，怎么会没有山道呢？"你觉得奇怪。

"台湾的山区是有一些先民行走过的古道，但台湾过去受到威权管制，很多山口都设了管制站，想进山就得申请入山证。或许是因为管制和麻烦，加上古道荒芜、淹没在丛林中，因此没发展出长途徒步的概念。"我顿了一下，又说，"台湾的露营条件不太好，可能也是一个原因吧！"

"露营不是决定长途徒步的主要原因，"你说，"英国有一些长途步道穿越农村，像英国北部的平宁步道，从曼彻斯特沿着平宁山一路往北直抵苏格兰边境，走完全程得七八天。中间经过无数个小村庄，一路上不难找旅馆，走起来反而比较轻松。"

"步道经过农村，如果经过私人土地怎么办？"我好奇地问。

"英国有一条法律，保护行走的权利，当步道穿越私人的田地时，地主不能抗拒。过去曾发生几个案例，有些农人为了怕徒步者穿越步道时惊吓羊群，或是怕在打猎时误伤徒步的人，而将步道口用铁丝封起来，结果吃上官司。”

英国的徒步环境实在太棒了，反观台湾则没那么便利，幸好近年来一些民间社团大力推动，走路渐渐变成一种风气；而且对山间的管制也不像从前那么严格，想到山里徒步随时都可以去，只是长途的山野徒步仍限于登山客在走，而且那也不叫徒步或走路，而是爬山。

说到这儿，你突然笑了：“原来你说你喜欢爬山，其实不是真正的爬山，而是走路。我终于懂了，你为什么连基本的装备都没有。”

我这才意识到语言的差距是这么大。在英文里，爬山这个词是指爬真正的大山，甚至需要用到攀爬工具；像我们在太平洋山道上每天在一两千米的高度上上下下，这是徒步，甚至只是走路。这么说来，上七星山、大屯山也只是徒步，而不是爬山，我却把它们当成了爬山。

收拾好帐篷，我们跨过木桥，沿着河边的山道而上。

河边的树林很原始，主要以冷杉、云杉、落叶松和红松为主。偶尔会出现一些白桦树，密布的树林中，不时有些横倒在山道上的树干，一些倒落的松树经历多年风雨的侵袭后，只剩一个树皮筒子。有些横倒的巨木上布满了厚厚的青苔，有的横干上则冒出新芽，像新生代似的排排站立，形成另一种奇观。

山道慢慢将我们带上5000英尺，我的思绪却还停留在刚才的话题上。

我想台湾没有发展出长程的山野徒步，或许跟台湾的野外活动向来以登上多少座“山头”作为衡量的标准有关。很多人从事野外活动，喜欢以“爬过几座百岳？”“一天来回某某山、爬得多快……”为荣，相较于攻顶的快感，走路显得平淡乏味多了。但攻顶有攻顶的刺激，徒步有徒步的趣味，二者其实可以并存。期待有一天，我们也可以在中央山脉发展出一条山道，由北台湾一路走到南台湾，或是由东台湾走到西台湾的山道。

每逢台风、地震过后，中横支线公路崩塌，许多专家、学者便建议停修产业道路，改建徒步步道，既可作民间休闲之用，也可防止水土继续破坏。这个建议确实好极了，但环境维护与经济发展冲突时，由于政府往往要讨好选民，再好的建议都会胎死腹中，不了了之。

想着想着，我们已经走到相当高的地方。往下看，昨天扎营的溪谷变成了山林中的涓涓细流，松林还是稳重地站在坡地上，一棵挨着一棵挺立着，铺展成一片优美的林相。风从山坡滑下，那些松木就像山谷里的男低音，幽然唱起雄浑的山野之歌。

山道将我们带到最高点后，一个大转弯，迎接我们的不再是青翠的山林，而是一幅令人悚然的景色。

一大片白色枯木，密密麻麻地矗立在地表上，宛如一支支钉在山坡上的白色长钉，又像一具具白色的枯骨，黯然挺立在天地之间，作为大火的见证者。

从山道旁竖立的告示牌得知，大火发生于1988年5月27日，上面并没有说明火灾的细节，只说是由伐木工人所引起。

经过岁月的洗涤后，那些曾在风海中低吟高唱的林木，已被雨雪漂洗得洁白光亮。最高的枯木有五六米，从树干判断，应该是冷杉之类的中生代林木。

可能是因为一根未熄灭的烟蒂，也可能是残留的炭火，或烹煮食物时飞跳出的火花，不管什么原因，3000多英亩的森林因之化为一片焦黑。走在枯木山道中，令人感到胆战心惊，我不由得想道：这么大的一片森林燃烧起来，必然如地狱之火般咆哮、嘶吼着，隐约中仿佛可以听见隆烈的大火声、野兽惊慌失措的奔逃声、鸟儿在火海中仓皇高飞的鸣叫声，还有林木燃烧时噼啪作响的哀号声。

云雾从远处飘过来，白色枯木林渐渐变得模糊起来，张扬的枝干化成了一双双痛苦、扭曲的手臂和一张张愁苦的面容，在烟雾中嘶叫、哀号着。云雾愈来愈浓，天色愈来愈暗沉，一种阴森、诡异的气氛在枯木林间流窜、飘飞。

你喃喃自语道："天气怎么突然就变了？"

我没有回答，闷着头快步往前走，想尽速逃离那片被森林大火蹂躏过的白色枯木林。

3000英亩比我想象的大得多，花了半个多钟头才甩开那片白色的枯木林。到了风口，依旧余悸犹存，不由自主地说道："往后生营火时，我们得更加小心才行。"

你应声答道："不但生营火要小心，连烧卫生纸都得小心。"

"卫生纸？"

"是呀，一张卫生纸烧毁一座山，十几年前曾经发生过呢！"

事故发生在华盛顿州西北部的奇兰湖畔。奇兰湖是华盛顿州第一大湖，介于史蒂黑根和奇兰两个村落间。因为身处群山中，景色原始，每年夏天都会吸引不少徒步者，水上活动如滑水、游泳、钓鱼、水上摩托车、水上飞行等也都相当热门。

20世纪80年代末期（你记不得哪一年），有两个纽约医生到了奇兰，打算在湖边体验两周的荒野生活。这两个医生完全没有野地生活经验，出发前在书店搜寻一番，找到一本解说详尽的野地生活手册。他们依照手册上的记载，寻找营地、扎营、在野地烹煮食物，然后在湖边游泳、钓鱼，尽情地享受荒野之乐。

隔天快中午时，其中一个医生想上大号，于是翻到如厕那一页。然后依照书上的指引，一个指令一个动作。他拿起小勺子，往树林里走去，在离水边60米的地方，选了一个好地方，挖洞，嗯嗯；然后用打火机烧毁卫生纸。一切都按照手册上所写的，完美演出。

由于气候非常干燥，卫生纸一点即燃，那个医生万万没料到，掉落到草地上的火星，竟如干柴烈火般迅速蔓延开来。他惊惶地跑回营地，拉着另一个医生奔向湖边，跳上游艇，飞快地开往奇兰。

火愈烧愈猛，森林管理局很快接到讯息，联络消防局灭火，并通知警方捉人。警方的动作也很快，两个医生尚未抵达奇兰便已被捕；消防局却控制不了大火，烧了一整夜，毁掉了奇兰湖西岸的一大片森林。

当两个医生被带上法庭时，一脸无辜，辩称他们只是依照手册行事，毫无毁损大自然的企图，要怪就得怪手册作者写得不够详尽。手册作者也上了法庭，宣称他所写的都是正确的野地生活规则，毫无过失之处，要怪只能怪那个都市佬太笨了，不该在干燥的草地上烧卫生纸。双方你来我往，极力为自己辩护，最后法官宣判医生虽无毁损企图，却有行为疏失，在预估了森林的损失后，罚款50万美元。

一张卫生纸烧毁一座山，乍听下有点夸张，但星星之火足以燎原。很小的火花，甚至透过破玻璃的一束阳光、击打在枯木上的闪电，在强风的助长下，都可能引发一场森林大火。甚或堆积在森林中的枯木和松针，在干燥的天气中也很容易变成助燃物。灌木林毫无节制地在大树间生长，也会助长火势的延烧。一旦野火点燃了枯木和树叶，火焰从灌木丛中迅速蹿攀，一场可怕的大火就此蔓延开来。

吊诡的是，森林大火虽可怕，却是维持大自然生态平衡的方式之一。

在生命的过程中，繁茂到一定的程度，便会出现难以避免的败坏和死亡。火是大自然新陈代谢的工具，可清理枯原、淘汰枯林，让新生的林木拥有成长的空间，而且燃烧后的腐败物会转为养分，土地因之更肥沃、更有益树木生长。

更重要的是，有些植物不依靠火便很难完成生命的循环。

“哪些植物需要火才能再生呢？”我感到很好奇。

“我所知道的有班克松和梁木松。”你说。

班克松是美国森林中常见的植物，松塔十分坚硬，通常需要在120 ℃或更高的温度下才能使松子爆裂，达成繁衍的任务。在没有人力介入下，森林大火成了唯一能令班克松繁殖的推手。若少了这个媒介，只有靠枪支射击，班克松才能再生了。

动物们似乎也懂得运用森林大火的功能，野牛是当中的佼佼者。每当森林火灾过后，野牛便追踪而来，因为燃烧过后的草原能提供给它们鲜美的嫩草。啄木鸟也往往选择在发生周期性大火的森林栖身，鹌鹑也一样，因为它们需要足够的空间。若没有火灾，森林对它们来说便显得过于拥挤了。

你又举了一个例子，1988年黄石国家公园发生了一场熊熊大火，由于延烧的区域都是老林区，当局并没有积极地扑灭大火，仅采用防堵法避免火势蔓延，听任大火自生自灭。大火过后，公园里的动植物数量纵然减少许多，却有更多的物种得到新生的机会。大火促使那片已进入垂暮之年的松林自然更新，十多年后，葱绿茂密的小树已经开始茁壮成长。

大火是森林的毁灭者，却又是新生命的创造者。生与死、创造与毁灭，大自然中的奥妙着实令人神往。

我回头看着那一片白色的枯林，高耸的枯枝插入云雾中，幼苗却从横倒的焦木、枯白的树干旁蹿出。那是一种生与死的强烈对比，有一种悲怆的新生之美。

在越橘莓的故乡，
流传着一首小诗，
道尽了印第安人与熊之间
巧妙的和谐关系：
越橘莓的许多秘密，
熊都知道；
它们再享用时，
最恨人类突然惊扰。

染紫一片唇

当心里的欲念蠢蠢欲动时，梭罗的话如暮鼓晨钟，在耳边响起

越橘莓成熟时，不需要广告，也无须言语，
弥漫在空气中的果香，
和徒步者紫色的嘴唇，
便说明了一切。

越橘莓染紫了徒步者的唇。

经过绿垭口后，便进入越橘莓的故乡。

越橘莓是越橘酸类植物的一种。这类植物除了越橘莓之外，常见的还有蓝莓、红莓、蔓越莓、黑莓、杂交草莓等。

北美洲是越橘莓的原生地，从4月中旬到10月上旬是成长季，丰收的巅峰季节则在7月到8月。几个世纪以前，每逢越橘莓盛产期，当地的美洲印第安部族便会派族里受人敬重的姊妹到山野间

采集越橘莓。几天后，当姊妹扛着一大桶越橘莓回来，族长便把族人聚集在一起，围成一个大圈子，轮流从桶里拿起两颗越橘莓，然后耐心等着。有些孩子等不及想吃，妈妈便会用手肘碰触他们以示警告。当桶子传完一圈，每个族人都分到越橘莓后，巫师开始进行祈祷仪式，宣告进入越橘莓采收期。族人在品尝了那两颗越橘莓后，在巫师的带领下开始跳起灰熊舞，庆祝进入越橘莓的采收季。庆祝仪式一直持续到第三天清晨才结束，接着，族里的妇女和小孩便会展开采集工作。

印第安人喜欢食用新鲜的越橘莓，也懂得用火烘干制成越橘莓干，储存起来等到冬天再吃。当越橘莓的花凋谢时，花萼部分会形成完美的五星形状，有些印第安部族便流传着这么一个传说：越橘莓是神灵送给他们的“星星果”，以拯救饥荒中的孩子。

对印第安人来说，越橘莓不仅是一种食品，也是一种圣品。用越橘莓干炖肉是一种传统的印第安庆典美食。此外，印第安人还以越橘莓制茶，也用来制药，据说具有医治咳嗽的功能。相对于印第安人，徒步者对越橘莓的渴求便单纯多了，那是一种旅程中的惊喜零食，一种难忘的山野回忆。

越橘莓成熟时，不需要广告，也无须言语，弥漫在空气中的果香和徒步者紫色的嘴唇，便说明了一切。

我们怀着欣喜的心情，快步迈向越橘莓的故乡。漫山遍野的紫色果实，颗颗晶莹饱满，宛如小拇指头般大，又如钢珠般润滑，在阳光照耀下就像悬挂在枝叶间的紫色珍珠，又像滑过穹苍的流星，璀璨明亮得令人难以转移目光。

我们卸下背包，迫不及待地采了起来。

越橘莓吃起来酸酸甜甜的，汁多味美，是荒野中的天然维生素。我们就像孩子一般，一手一把，抓了就往嘴里塞。很快地，我们的手、我们的唇也沾染了一片深沉的紫。现吃不够，手边又没袋子，便以帽为袋，采了一大堆，为晚上加道甜点。

我感叹地说:“可惜我们无法带回去，不然玛格一定会乐坏了。”

你也同样遗憾:“在西雅图的派克市场，一小盒卖五美元，真是敲竹杠。”

我将越橘莓拌着水煮，煮软后，和些糖，便是一道甜美的山野甜点。

我说：“要是有面粉，就可以做越橘莓派了。”

你一脸沉醉地说：“不必贪求，这么棒的甜点，在美食之都巴黎也不一定吃得到呢！”

我也有同感。

隔天我们将越橘莓加入麦片中，又成了一道别具风味的早餐。

正当我们享受着这道别具风味的早餐时，一只母鹿带着两只小鹿出现在帐篷前，悠然地看着我们。

我说：“它们一定是被越橘莓的美味吸引来的。”

你说：“幸好来的是鹿，如果是熊，我们就完了。”

这时我才知道，原来熊和越橘莓有一段很深的渊源。

熊一年之中有四五个月在冬眠，在这段时期它们依然需要能量，因此必须在秋末冬眠前找到足够的食物，储存一层厚厚的脂肪，才能在冬眠时度过漫漫寒冬。因此，熊在春天从冬眠中醒来后，便会积极觅食，以鱼和动物的腐肉为食；到了夏天，便改吃草类、树根、野果。7月、8月莓果和水果逐渐成熟，越橘莓和蓝莓便成为它们主要的食物来源。

越橘莓成熟时会散发一种迷人的果香，能将百英里之外的熊引来。熊一旦置身于浆果丛中时，总是一把抓起树枝，“刷”的一声连叶带果吞入口中，接着又抓起一大把，吃得口水直流，痛快淋漓。因此在摘采浆果时，绝不能埋头苦干，得随时注意四周的动静，免得一抬头赫然发现熊就在面前，想逃就来不及了。

这样的故事在北美时有耳闻，有的运气好逃过一劫，有的则命丧熊掌。

我曾听过一则真实的故事。

一个约十岁的女孩和姐姐一起到野外采越橘莓。她埋首在越橘莓丛中很专注地采着，愈采愈深入丛林中。树丛中偶尔传来簌簌的声响，她以为姐姐在附近，并不以为意。采着采着，她抬起头来，赫然发现草丛中有个黑影，定睛一看，竟是头大黑熊。

她吓坏了，幸好她够镇静，没有尖声大叫，而只是静静地待在原地。黑熊看了她一眼，立即转身离去，或许它也吓到了。黑熊离开后，女孩也悄然离开。

长久以来，印第安人、熊和越橘莓间始终保持着一种和谐的关系，各取所需，共生共存，互不干扰。在越橘莓的故乡，流传着一首小诗，道尽了印第安人与熊的巧妙关系。

越橘莓的许多秘密，

熊都知道；

它们在享用时，

最恨人类突然的惊扰。

印第安人不贪取、不躁进。同样的，熊也只取该取的一份，双方因而关系美好，可惜这样的生态却在白人涌入后被破坏了。

19世纪末，白人大量拥入北美后，每逢越橘莓成熟的季节，一批又一批的白人有计划地拥入山区，在越橘莓和蓝莓产地设营采集，形成所谓的莓果摘采营。他们采用人海战术，以地毯式搜索的方式，一加仑一加仑地摘采，再用马匹运到市集上贩卖。采集营沿着等高线日渐攀升，步步逼向印第安人和熊的生存空间。对于白人的贪婪，印第安人只是黯然叹息，熊却展开了反扑。

熊在无法取得足够的食物时，愤怒地冲向采集营，许多妇女、儿童躲避不及，惨死于熊掌下。熊冲向一桶桶的越橘莓，在一堆尸体中，大把大把地吃了起来，吃够了，转身而去。

熊的反扑虽然强烈凶猛，但终究还是抵不过人类的枪支。

采集营多出了一种人，他们不是来采莓的，而是持着武器，在采集区站岗防卫，一见到熊，格杀勿论。

听到这样的事情，我一面谴责白人的贪婪，一面又同情他们。因为越橘莓的美味实在太诱人了，又可以贩卖，难怪那些白人不惜铤而走险。面对着饱满甜美的越橘莓，我的脑海中也曾浮现过，要是身旁有个大桶该有多好啊！要是能带下山去卖，铁定可以大赚一把；要是能和朋友分享，该有多好……

当心里的欲念蠢蠢欲动时，梭罗的话如暮鼓晨钟地在耳边响起。

记得他是这么说的："那些被运送到市集上的越橘莓，它的美味早已随着花朵凋萎消失，变成了一般性的食物。越橘莓的鲜美是无法从山丘转运到市集的。"

越橘莓的美味既然无法转运，那还是在山上品尝吧！

吃过早餐后，我们向母鹿和小鹿挥手道别，接着转入一条岔道。

由于今年的气候特别干旱，从昨天开始，我们便进入了无水可取的状态。我们经过最后一个取水点时，不知哪位好心的徒步者，将一张纸套在塑胶套里，用石头压住放在路旁。上面写着：这里是最后的水源，往前30英里的溪水都枯竭了，请在此装满水壶。

我们将两个水壶装满，再将一个类似医院用的血袋的袋子装满，足足装了两公升。两公升的水相当于四公斤的重量，肩上的重量够重了，但不背又不行。

两公升的水只够我们用一天，在越过了爆裂山后，我们不得不离开太平洋山道，到两英里远的一处山泉取水，否则就会面临断水的危机。

绕路取水是件恼人的事，幸好隐藏于树林间的小道走起来很舒服。阳光从密密匝匝的树枝间洒下来，墨绿色的树、湛蓝的天，老天爷真是眷顾我们，给了我们最佳的徒步天气。你沿途唱起了歌来。

一段下坡路后，是一片绿茵如波的草原，接着开始爬坡。坡道两旁的越橘莓树丛果实累累，比之前见过的还要密、还要多。我兴奋极了，走走采采，采采走走，乐得直嚷着："这是老天爷给我的补偿。"

你则以惯有的理性口吻说："走山道的人多，莓子自然被采光了，这里人少，自然显得多。"

雨水少，越橘莓长得特别好，我们却面临了缺水的困境。雨水若多了，我们不用绕道取水，也没有好莓子吃。得与失往往是很难衡量的。

我们像两个淘气的孩子，边采边吃着，手、唇又染成一片紫红色。被风吹得四处飞散的云，不停地催促着我们，我们却无心赶路，只因这紫色的果实美得令人心醉。

经过大乌鸦盆地时，

并没看见任何乌鸦，

想必是被大雨吓跑了吧！

接近中午时，雨变小了，

雾却愈来愈浓，

放眼望去净是白茫茫一片，

远处的群山也隐退到云雾中，

迷茫的山道不知将引领我们到何方。

云深不知处

眼前烟雨蒙蒙，雷尼尔火山笼罩在雨雾中。

很快地，风又展现威力了，
把云变成了水，洒落在南边的山林中；
东边则是另一番景致，白色的云浪被风冲上穹苍，
再从高处往下流淌，汇入另一片云海中。

我们打算在大乌鸦盆地扎营，营地却比我们预期的远得多，六点钟我们还在山道上。天色愈来愈昏暗，乌云来势汹汹，以飞快的速度在身后追赶着，逼得我们在经过小乌鸦盆地时不得不就近扎营。

那根本称不上是个营地，倾斜的地面上覆盖着枯黄的野金莲花，看了半天，实在很难找到一处平坦的地方，你调侃地说："明早醒来，或许得到帐篷外找脚。"我耸耸肩，一脸无奈。你

用小刀割去野金莲花茎，勉强弄出了一个营地，接着开始扎营，我则忙着准备晚餐。

水还没烧开，山岚已从山坡飘游而下。白色的烟雾缥缥缈缈，宛如一幅水墨画，有种沧桑之美。

山青天蓝固然美，但久旱不雨，山涧、小溪干涸，我们不得不多背两公斤的水走路，山道管理处也发出禁生营火的公告。如果能够来场及时雨，或许能解除缺水与禁火的情况。另外，想测试新买的防水夹克、雨裤和登山鞋的念头，也让我期盼起雨来。

你说，我像刚买了新雨鞋的孩子，雨还未落，就穿好鞋子等着。

我反驳说，买了雨裤总得用一用，我可不想把钱花在用不着的东西上，还背着它平白地在山里走一遭。

话语未落，一阵急雨噼里啪啦地落了下来，我们赶紧躲进帐篷里。雨倾盆而下，看这样子不会很快就停，我们索性先将睡垫铺好，将睡袋拿出来，然后躺在睡垫上聆听帐篷上的雨声。

雨声滴滴答答，很像千军万马出征抗敌。久违了，这迷人的自然美声。

可惜，我们没有那份坐听雨打芭蕉的闲情逸致，必须在天黑之前做好晚饭，否则就得在雨夜中摸黑进食。我穿起新行头，走入雨中继续做饭，你则忙着将食物包吊在树上。

山头上的水汽更浓，能见度更低，目力可及之处都是雾茫茫、水汪汪的。雨中的晚餐吃得有些狼狈，在干面变成汤面前，狼吞虎咽快速解决。

七点钟不到，我们已四肢伸平。躺在暖烘烘的睡袋中，听着荒野的雨声，还有什么比这更享受的呢？这时雨小多了，滴滴答答地响着，好像有人在帐篷上跳踢踏舞，又像有人在屋顶上絮絮不休。我很想听个仔细，但这规律的节奏却催得我昏昏沉沉的，“徒步者的午夜”未到，便已进入了梦乡。

忽然，一阵强风刮起，雨又大了起来，咚咚作响，仿佛雨神的鼓棒，打破了刚才的节奏，把睡虫都吵醒了。我推了推你，问：“帐篷会不会进水？”

你嘟囔一声：“不会有事的，睡吧！”

我的眼皮又合了起来，身体却在倾斜的地面上渐渐下滑，我在睡睡醒醒间挪动着身体。雨声时而隆隆，时而淅沥，我突然明白了一件事，聆听雨声的诗意不是野地的旅人可以悠然享受的。

清晨，在一阵大雨声中醒来，眼前的景色就像诗中所描写的：“入夜不得眠，醒来犹闻雨。独自对寒碧，檐雀双飞去。”不同的是，弥漫在霭霭雾气中的山野，没看见麻雀，却见满天飞舞的乌鸦。

在暴雨中，我们匆匆上路。

湿透了的帐篷，重得像一颗石头，肩上顿时多了两三公斤的重量，和背着两公升的水没有两样。不同的是，经过一夜暴雨，山道的景观为之一变，小溪一改之前的低吟浅唱，变成了哗哗巨流，山涧不再温文柔雅，变成奔腾而下的白练，气势颇为壮观。

经过大乌鸦盆地时，并没看见任何乌鸦，想必是被大雨吓跑了吧!

接近中午时，雨变小了，雾却愈来愈浓，放眼望去，净是白茫茫一片，远处的群山也隐退到云雾中，迷茫的山道不知将引领我们到何方。吃过午餐后，小雨又变成了倾盆大雨，夹着寒风，毫不客气地迎面打来。眼镜虽有阻挡作用，却白花花一片，在没有“眼刷”的情况下，我丝毫不敢大意，盯着地面，一步一个脚印，小心走着，任由一条羊肠小道将我们引领至层层山峦中。

不知什么时候，雨停了。

只是，雨过却非天晴。

群山披挂着白纱，在风中缭绕飘飞着。绿色的山脉像被浆洗过似的，洁净惨白，难怪诗人会写出“荒秋一夜雨，洗白翠罗裙”这样的句子来。

西边的山谷中有个小湖，远远望去，好似一面弥漫着水汽的镜子，朦胧得映照不出任何影像。灰色的云层从山上飘移下来，朝镜面奔驰而去。眨眼间，山与镜之间失去了界线，雨又降下来了。

我们继续一番攀爬后，终于到了此段山道的最高点。

你像在宣告什么大事似的说道：“这里是观看雷尼尔火山的最佳位置，海拔6700英尺。”

眼前烟雨蒙蒙，雷尼尔火山笼罩在雨雾中。

我不耐烦地说："什么也看不见。"

你则说："耐心等待，风会把云雾吹走，雷尼尔火山就会现身。"

于是，我们卸下背包，一边吃着点心，一边等待着风的奇迹。

一阵强风吹来，宛如来自冰库，我拉紧领口，低头缩臂，浑身打战。

再抬头时，山岭从波涛般的层雾中探出头来，像一座座岛屿，屹立在浩瀚云海中。

很快地，风又展现威力了，把云变成了水，洒落在南边的山林中，东边则是另一番景致，白色的云浪被风冲上穹苍，再从高处往下流淌，汇入另一片云海中。太阳在层层云雾后奋力挣扎着，好几次就快破茧而出了，可惜功败垂成，又被更厚更浓的云层包裹起来。

我们看着翻滚的云浪，不敢奢望太阳突围成功，却希望北风再发威，让我们一睹雷尼尔火山的风采，哪怕十秒钟都好。

风再起，云海又开始翻滚、收缩着。太阳已放弃了战斗，天色越来越灰暗，山岭又隐没于浓稠的墨色中。雷尼尔火山近在咫尺，可惜云深不知处。

"要瞧见它，可不是一件容易的事呢！"一个身影从云雾中走出来。

他个子瘦小，却声若洪钟，及胸的长胡如雪般在风中飘着，好似虬髯公。“去年我在这儿等了一个多小时，才等到它从云霭中出现，可惜只有一分钟。”

“才一分钟！”我的语气中带着可惜。

“是有点短，”他呵呵笑，“不过那天的雷尼尔火山美得像梦境，却比梦境更真实！”说得我恨不得拨开云雾，立刻瞧它一瞧。

“你是全程徒步者？”你好奇地问。

“是啊，”他哈哈笑了起来，“我退休后就开始走，今年是第四年了。”

“走了四年！”我惊讶极了，“难道你在山下没事可做吗？”

“谁说的？”他呵呵笑了，“下山后，感恩节很快就来了，接着是圣诞节，把我忙死了。过完了节，就开始盘算着上山的事，把登山鞋拿出来擦一擦，把背包缝一缝、补一补，开始准备包裹，这些事也让我忙上好一阵子呢！”他又呵呵大笑，眼睛眯成一条线，“别瞧我年纪这么一大把了，我还能蹦蹦跳跳的，像只老山羊呢！”他伸出手来，“我叫比利，山友们都称我山羊比利。”

我们也自我介绍一番。我上下打量着他，猜想他的年纪。

他大概看出我的心思，咧嘴笑着：“我今年71了。”

真是不敢想象，他已经71岁了！真是老当益壮啊！

闲聊几句，山羊比利先行而去。

他披着一件斗篷式的黄色雨衣，在风中健步如飞，那身影就像从金庸小说里跳出来的人物。真的很难相信，他已经是个年过七旬的人了。

我们互望一眼，背起背包，向躲在云雾后的雷尼尔火山挥了挥手，随着老人的足迹，迈向云雾中。

乌云愈来愈低，

我的心中也灰黑了起来，

回顾历史有时候会让人心情变得很沉重。

你催我快走，我机械地迈着脚步，

心里浮现西雅图酋长的话……

对我的子民来说，

每一寸土地都是圣洁的。

在我们的生命里，每一根晶亮的松针，

每一片沙滩，每一撮幽林里的气息，

每一种引人自省、鸣叫的昆虫都是神圣的。

树液的芳香在林中穿越，

也渗透了我们亘古以来的记忆。

草原上的小木屋

草原的入口处，竖立了一面很大的告示牌，记载着篷车西征的历史。

天色愈来愈阴，

雨随时会落下来。

原本以为可以很快地到达小木屋，

没想到此时却迷失在山野中。

在雨中走了两天，我开始期盼有个干爽的地方过夜，听到你说在政府草原有座小木屋时，心里雀跃不已。

但怎么可能呢？太平洋山道上怎么会有小木屋？你一定是逗我的。

“真的有座小木屋，因为政府草原是一个重要的历史据点。”

你一脸正经，一点儿也不像开玩笑，于是静静听你说下去。

1853年10月，美国历史上第一列进入华盛顿州的西部篷车车队经过中部的亚其马，成功地穿过纳奇垭口，朝着冰川山脉北部的雷尼尔山前进。

这列30部篷车、数个家庭所组成的移民队伍，由龙麦尔夫妇带队。当年3月6日，他们离开了家乡印第安纳州，沿着美国拓荒英雄路易斯和克拉克两人于1804年从路易斯安那州的圣路易出发，在白人从未涉及的山野中劈荆斩棘，走出的一条通往哥伦比亚河口的步道的探险路径，坐着蒸汽船沿着密苏里河一路往西，抵达密苏里州的圣约瑟夫时，下船买了篷车、牛、马和一些生活用品，之后改走陆路继续往西前进。几个月后，当龙麦尔车队抵达俄勒冈州边境时，他们决定在此脱离路易斯和克拉克当年所走的路径，将篷车转向西北方，进入华盛顿州边境的哇拉哇拉。

9月底，龙麦尔篷车队穿过了亚其马谷地，越过纳奇河，再转往西雅图的普吉湾区。10月，他们抵达一大片草地，也就是现在所称的政府草原。车队在草原休息几天后，继续往西。他们走到一段近乎直线的陡坡，不但篷车过不了，就连马都寸步难行。龙麦尔只好拆卸篷车，将家当置于马背上，并在山坡架设绳索作为支撑工具。在绳索的辅助下，一匹马接着一匹，一个人紧随着另一个人艰辛地往下走。之后，他们又越过无数座山头，渡过数不清的溪流，终于到达普吉湾区。

华盛顿州政府为了纪念这个历史事件，便将那片草原命名为“政府草原”，还在草原上建了一座小木屋。

说到草原上的小木屋，我的脑海中立即浮现出一幅画面，那是我童年时看过的一本书，书名就叫《草原上的小木屋》。

那也是一本以篷车西迁为背景的小说，是作者罗兰·魏尔德童年的故事。罗兰跟着家人坐着篷车，不停地往西走，走出了威斯康星州，穿过了明尼苏达州、艾奥瓦州，还有密苏里州，就要进入堪萨斯州了。罗兰问爸爸，要走到什么时候呢？爸爸说要找到一个美好的大草原，要在草原上盖木屋，不过那个地方有可怕的印第安人。

罗兰一家人终于到了大草原，盖了小木屋，也遇到了印第安人。他们对印第安人的感觉从恐惧渐渐地变为亲近，最后和他们成为朋友。故事生动感人地描写出西部开拓英雄的勤奋、勇敢、冒险犯难的精神，也表达了对印第安人的关怀。那本书开启了我对美国西部开垦和印第安人的最初印象，如今能走到这个历史要点，心中更觉得兴奋不已。

说着说着，我们不知不觉中已经走下了山坡，转入一条伐木道路。从地图上来看，沿着伐木步道走一会儿，便可以再弯进山道中，我们却没发现任何指标。在伐木道路上走了约十分钟后，发现左手边的地面上有个箭头，指向一条掩盖在树丛中的步道。我们很自然地转进那条步道中。

步道蜿蜒崎岖、潮湿泥泞，很不好走，我们小心翼翼地走着。此时虽然没下雨，天色却很阴沉，我们加快脚步，希望在天色暗下来前抵达小木屋。

走了十多分钟，你突然喊住我，不安地说："这不是我们该走的路。"

我回过头，望着你，"何以见得？"

你看着指南针："我们现在是往南方走，政府草原应该在西方，方向不对，而且这条步道通往下面的山谷，政府草原的等高线是4200英尺，我们应该往上爬才对。"

我们迷路了。我问你："回头吗？"

你收起指南针，看了看四周，然后摇摇头："你看，伐木道路在树丛东边，走在大路上比较不容易迷失，我猜山道入口应该在伐木道路的右手边，我们只要一直往上走，回到原来的地方一定可以找到山道入口的。"

大约十分钟后，我们踏上了伐木道路，然后继续往上走。

天色愈来愈阴，雨随时会落下来。原本以为可以很快地到达小木屋，没想到此时却迷失在山野中。荒野中的小木屋就像沙漠中的绿洲，不是那么容易寻觅得到的。

一辆小货车从我们背后驶过，在前方一米处停了下来。

一个头戴迷彩帽的中年男子从驾驶座的车窗里探出头来："你们要上哪儿去，要搭便车吗？"

“我们迷路了，找不到太平洋山道的入口。”你快步上前，说明我们的处境。

“入口处在前方约一英里处，不太明显，难怪你们会错过。我送你们去，反正顺路。”那个人下了车，打开后车厢，让我们放背包。

后车厢里有好几把弓箭，还有两个大箱子，车里还有一个人，也穿着迷彩装。原来他们是猎鹿人。

“有成绩吗？”你跟他们聊了起来。

“还没，不过我们有信心一定可以猎到一两头。”另一个人回答。

“这里猎鹿是合法的吗？”我问。

“是啊！”开车的那个人回答，“不过得遵守很多规定。”

“什么规定？”我问。

“母鹿不可猎，少于三根鹿角的公鹿也不能猎。还有，猎鹿季节依不同的武器分为三种：使用弓箭者可在9月至次年1月间狩猎，使用弓弩枪者则在10月到11月间狩猎，使用来复枪的，则仅能在11月上旬到中旬间狩猎。因为来复枪的威力大，狩猎期相对减短。”

“你们将保育和休闲结合得挺好的嘛！”我说。

“都是经验换来的。”另一个人回答，“你知道吗？在我祖父那个年代，我们这里的人口不多，又没有禁猎的规定，大家拼命地打猎，鹿群差点被猎光。州议会于是制定法律，禁止猎鹿，还从别的州引进鹿群，经过30多年后，鹿群到达一定的数量，才又开放猎鹿……”

话未说完，车子停了，开车的那个人指着路旁的山道说：“入口就在那儿。”

指标隐藏在草丛里，难怪我们刚才经过时会错过。

临走前，两位猎鹿人好心地提醒我们：“气象报告说，今明两天有暴雨，而且气温会下降，你们快点到小木屋去吧！”

真不是个好消息。道过谢后，我们急忙踏上山道。

这一段山道很平坦，两边的松林高耸挺拔，枝叶穿入阴霾的空中，让人有种喘不过气来的压迫感。我们走得相当快，还不到一小时，便已经到了政府草原了。

草原的入口处，竖立了一面很大的告示牌，记载着篷车西征的历史。这段历史写得荣耀辉煌，处处显示出白人的优越感，却只字未提世居此地的印第安人。对白人来说，这是富于挑战与冒险精神的一段，对印第安人来说却是灾难的开始。我不由得替印第安人感到不平。

19世纪初，当白人大量西迁时，杰克逊总统曾信誓旦旦地向印第安人保证说：“你们的白人兄弟将不会打扰你们，他们不会侵占你们的土地。只要草木仍生长、河流仍在奔流，你们和你们的后代就可以继续和平地生活下去，这块土地永远属于你们。”

这当然是空头支票。

一拨拨往西移动的篷车队，在印第安人宁静的家园中嘎啦作响，白人不但打扰了印第安人，更于19世纪40年代公告了一条法令：凡满18岁的男子到了西部后，每人可得农地300英亩。这个诱人的赏赐推动了美国西部大迁移的热潮，印第安人被逼得节节后退，几度反击，却抵挡不了这股强大的移民潮。

1851年，美国政府向世居于华盛顿西岸的苏阔米希族印第安人提出一项要求，要以15万美元收购他们的土地，并设置保留区，让他们有足够的生活空间。当时的酋长西雅图手指着天空，发表了一段发人深省的演说：

你怎能把天空、大地的温馨买下？我们不懂。

若空气失去了新鲜、流水失去了晶莹，你还能把它买下？

对我的子民来说，每一寸土地都是圣洁的。在我们的生命里，每一根晶亮的松针，每一片沙滩，每一撮幽林里的气息，每一种引人自省、鸣叫的昆虫都是神圣的。树液的芳香在林中穿越，也渗透了我们亘古以来的记忆。

当白人的鬼魂在繁星之中游荡时，早已忘却他们出生的家园。但我们的灵魂从不曾忘记这片美丽的土地，因为她是我们的母亲。我们属于大地，大地也是我们的一部分。芬芳的花朵是我的姊妹，鹿儿、马儿和巨鹰都是我们的兄弟。怪石嶙峋的山峰、草原上的露水、小马温暖的身体以及我们人类，都是一家人。

西雅图酋长珍视人与大地共存共荣的关系，才能义正词严地发出大地之声。西雅图酋长为了避免流血冲突，让母亲免于忍受丧子之痛，让老人得以安享天年，让人类共享自然，同意将土地卖给白人。但失去了土地，印第安人也失去了生存的根，注定会成为失落的族群。西雅图酋长当然了解这点，他秉着对土地的热爱，以及保存族人的希望，恳切地呼吁白人：

你们务必教导你们的孩子，他们脚下的土地，是我们先民的遗迹。因此，他们才会尊敬土地。告诉你的孩子，因为有着我们的生命的存在，大地才更加地丰富。务请教导你的子女，让他们知道，大地是我们的母亲。大地的命运，就是人类的命运。人若唾弃大地，就是唾弃自己。

西雅图酋长说得铿锵有力，美国人想必受到了感动，当他们买下那片土地后，便以酋长“西雅图”之名为城市命名。

然而，美国并没有因此停止对土地的野心。惠特曼的一篇文章的标题：“让星条旗上的星星更多”，一针见血地道出他们对土地的贪婪。短短200多年来，美国人东抢西夺，从建国时的13个州扩大到50个州。星条旗上的星星是变多了，印第安人头上的星星却愈来愈稀落。

印第安人退出了山林，住进所谓的“印第安保留区”中。古老的帐篷成为供人参观的景物，古老的传说在科学发展中粉碎了，甚至连他们的生活方式、生存的意义也都在时代的运转中，一点一滴地消失。

有人说，这是文明进化的代价，优胜劣败。

也有人说，这就是少数民族的命运。印第安人挣脱不出这个魔咒，台湾的土著居民也不能，世界上其他的少数民族也面临着相同的命运。

乌云愈来愈低，我的心中也灰黑了起来，回顾历史有时会让人心情变得很沉重。你催我快走，我机械地迈着脚步，心里浮现一个声音：小木屋是强权的象征，今晚不要住吧！

心里虽这么想着，但拒绝住小木屋是一件很难的事，特别是在这样的天气里。

大约走了十分钟，一幢矗立在草原上的小木屋映入眼帘。

在山道走了100多英里，眼睛习惯了山林草木、溪流矿石，突然看到一幢小木屋，感到很突兀。小木屋笼罩在烟雨中，迷迷蒙蒙，显得很不真实。

尚未靠近小木屋，便发现小木屋已被一群青少年占据了。

“今天是周末。”你恍然大悟说道。

这么说来，我们在山道上已经八天了，我们是在上个周六出发的。

那群青少年驾着四轮汽车沿着昔日的篷车车道而来，在小木屋外生起熊熊烈火，车里的音响震耳欲聋。这样的一群人出现在草原上的小木屋，就像“政府草原”这个名字出现在太平洋山道一样，让我感到万分突兀。

你看到我脸上厌烦的表情，耸耸肩说：“没办法，这是一个历史的据点。”

人类以创造历史为荣，很多历史对大自然却是一种伤害。少一些人类的历史，大自然或许会更宁静自然。就像政府草原，若不刻意去保留那条篷车道，不在草原上建造那幢小木屋，又怎么会引来一群只会叫嚣，却不懂得欣赏大自然的年轻人呢？

两个女孩朝我们走来，很客气地说，他们铁定会玩通宵，如果我们不怕吵，可以到小木屋过夜。

我们相视而望，眼中流露出相同的想法。我们虽然渴望有个遮风避雨的屋檐，却无法忍受丝毫文明的噪声。我们婉谢她们的好意，决定以最贴近大自然的方式过夜。

为了将干扰降到最低，我们尽量远离小木屋，在松林里扎营。躺在潮湿的地上虽不舒服，但更能亲近土地，算是对西雅图酋长的一分敬意。

印第安人喜欢微风拂过池面的轻柔细语以及被午后阵雨洗净、松翼熏香的风之味，这种宁静恬适之美，生活在城市里的人是享受不到的。我们何其有幸啊！

到了第五天，雨依然下个不停，

我心中开始浮现放弃的念头。

这两天我强逼着自己走下去，

可是，此刻既然知道附近有通到外地的便道，

心里不免蠢蠢欲动，

错过了这个出口，

也许得再走好几天才会遇到另一个出口。

我决定把握机会。

大雨大雨一直下

大雨一直下，我的心也一直往下沉，沉入一个黑不见底的深渊中。

一边走着，我心里一边琢磨，
是否该对你说出我心里的想法。
在雨中走了这几天，我愈走愈没劲儿，
可是我说不出口，因为我知道你还想往下走。

我们在大雨中已经走了四天。

水滴在你的鞋中不停地发出胜利的欢呼，走起路来啾啾作响。我的鞋子没渗水，脚趾头却禁不起低温的酷刑，早已失去知觉。

到了第五天，雨依然下个不停，我再也忍不住抱怨起来。

我垮着脸说："在这样的天气中徒步，简直是自我折磨嘛！"

你却气定神闲，以哲学家的口吻答道：“没有经历过坏天气，又怎能体会阳光的可爱呢？”

我难以置信地望着你：“是英国长期的阴霾，使得你们更懂得珍惜好天气，还是因为你对天气的忍受力比一般人强呢？”

你笑了笑：“都有吧！”

我突然想起有一次我们在马来西亚旅行，你顶着正午的大太阳在街道上走着。我问你怎么受得了，你自我解嘲地说：“只有疯狗和英国人会在正午的太阳下行走。”

英国人对阳光的迷恋，我在英国也见识过了。一旦阳光出来，就算不是周末，公园里依然挤满了晒太阳的人。大家好像中了乐透似的，脸上洋溢着满足、幸福、陶醉的表情，“天气真好！”的赞美声更是此起彼落。

阳光显然不是英国的常客，英国人却很少抱怨。据说有一次萧伯纳到上海时，天气由雨转晴，大家都说他运气好，见到了太阳。他却幽默地说，是太阳运气好，能在上海见到我。

你和许多英国人一样，被阴霾多变的天气磨炼出超人的耐性。鞋子浸了水，你不抱怨；口袋积满了水，你还能幽默地说，可以养青蛙。我虽然知道下雨是自然现象，却无法像你一样保持平和的心情。滴答不停的雨声破坏了我欣赏风景的兴致，湿淋淋的帐篷让我无法安眠，肮脏潮湿的衣服让我浑身不适，一头纠结油腻的长发更让我痛苦不堪，恨不得拿把剪刀咔嚓剪断。

我从来没有如此渴望过干爽的天气，但雨却仍然下个不停。

第五天还是下着雨，我心中开始浮现放弃的念头。

中午之前，我们经过路易斯安那，遇到一个徒步者独坐在树林里一截横倒的松木上。他二十出头，神情憔悴，眼神迷茫。

他告诉我们，他4月底从墨西哥开始走，近五个月来披星戴月，已经走了2300多英里，眼看还有300英里就能走完太平洋山道全程，不意这场雨却打乱了他的意志。他的睡袋、衣服全都湿透了，晚上冷得无法入睡，身体也一直处于低温之中。他愈走愈沮丧。他想回家，却又不想放弃，这两天来他的心里出现了严重的拉锯战，一个声音说要坚持到底，另一个声音却游说他离开山道。

他以渴求的眼光看着我们，好像在等待我们替他作决定似的。

你说："如果决定回家，就回去吧，没走完全程并不是什么丢脸的事。"

他的脸出现一丝光彩："我也是这么告诉自己的。"

你接着说："当你觉得徒步变成一种负担，而非乐趣时，再继续走下去就没意思了，现在放弃了，并不表示永远放弃，随时可以再回来呀！"

他脸上的光彩瞬息暗淡下来："可是我要是放弃了，就是一个失败者。"

你不以为然地说："成功与失败，不是那么表象的。你已经走了2300英里，够厉害了，看看那些城市里的人，连23英里都走不了呢！”

你不断地鼓励他，还告诉他往南走个12英里，会通到一条产业道路，运气好的话遇到猎人，就可以搭便车到村里；就算遇不到，晚上在那儿扎营，隔天沿着产业道路往外走，15英里外就有个小镇，到了那儿要搭便车出去就不是什么难事了。

他吃惊地望着你：“你怎么会有这么完整的地图？”

你也同样吃惊：“你没有地图？”

他拿出地图，那是从徒步指引书上割下的山道简图。

你将地图递给他。他低头看着地图，似乎在认真地盘算该如何走出去。

看到他那副狼狈的样子，我十分同情，我的情况虽然没有他那么惨，却也出现了相同的心理挣扎。不同的是，我想放弃，却怕你不肯。

你提议和那青年一起走到岔口，他却犹豫了起来。他说他得再好好想一想，不能草草率率就放弃，要我们先走。

我斜睨着他，心里嘀咕着：“回去吧！傻瓜，温暖而干爽的家正在等你呢！”

一边走，我心里一边琢磨着，是否该对你说出我心里的想法。在雨中走了这几天，我愈走愈没劲儿，可是我说不出口，因为我知道你还想往下走，而你也真的相信天气很快就会转好。可惜这里的天气和英国不一样，不是瞬息万变，看天上的乌云，这场雨恐怕不会立刻就停。

这两天我强逼着自己走下去，可是此刻既然知道附近有通到外地的便道，心里不免蠢蠢欲动，错过了这个出口，也许得再走好几天才会遇到另一个出口。我决定把握机会。

到了岔口，我停下脚步，说："我们从这里出去好不好？"

你惊讶地看着我："你怎么会有这样的想法？"

我尽量让自己保持平静："是你自己刚才说的，当徒步变成一种负担，而非乐趣时，再继续走下去就没意思了。"

"我是在安慰他的。"

"可是，天气这么坏，雾蒙蒙的一片，什么也看不到，而且到处都湿答答的，这样走下去有什么乐趣呢？"我的声调不由得提高了起来，"我们也走了100多英里了，我觉得已经够了。"

"雨很快就会过去的。"你又在安慰我。

"这句话你已经说了好几天了，可是雨还是下个不停呀！"

"就概率上来说，下了五天雨，够久了，很快就会放晴的。"

"如果晴天雨天可以用概率来算，就不需要那些气象专家了。"

"天气不会一直这么糟的，走吧！"

你说完径自前行，我心中非常恼火，却还是跟了上去。

雨，并没有在我们的期待中停歇，反而愈下愈大。风和雨争相打在脸上就像针刺、蜂蜇一般，疼痛难耐。

我们又在大雨中走了两天，帐篷湿了，睡袋也潮了。背包外虽然罩了防水袋，还是湿得像刚从水里捞起来似的，里头的东西没有一样是干的。雨水也渗进我的皮肤里，我的双手皱巴巴、身体沉甸甸，整个人就快被淹没了。

“我们不要再走了。”我无助地说。

“别耍小孩子脾气。”你顿了顿又说，“想想看，前几天天气好的时候，风景那么美，感觉那么棒，你也说你爱上了山野徒步，你忘了吗？”

“那是天气好的时候。”

那段充满阳光的日子，确实是一段很美的回忆，但那几天所蓄存的能量及对山野的热情，早已被这场无止境的雨水浇熄了。

“我们已经历了那么多天的坏天气，好天气很快就会回来的。我们会看到更多更美丽的景色，还会遇到有趣的人，就像山羊比利……”

我不想再听你说那些，暴躁地吼着：“我撑不下去了，我不要再走了，就算天气变好，我也不要再走了。我受够了！”

“你怎么那么没毅力，一场雨就把你打败了。”你也有些不悦。

“那又怎么样？我是来享受徒步的乐趣，不是来自找苦吃的。你要继续走，我不会拦着你，我不想走，你也别硬拖着我。”我的火气也冒了上来。

一阵骤雨飘洒下来，你我之间好像隔着一层雨帘，你的嘴一张一合，我却听不清楚你说了什么。

不管你说什么，我都决心不走了。

隔着雨幕，我吼着：“到了斯诺夸尔米，我就回去。你要走要停，随你便。”

那晚，雨下得好激狂，风也呼呼作响。你搭好帐篷后，要我进去休息，一个人在雨中张罗着晚餐。

我想把睡垫擦干，却找不到任何干的东西，一想到要躺在湿淋淋的垫子上，一颗心就像掉进冰洞里，瑟瑟颤抖。

我的脚冷得像冰一样。凌乱的长发油腻地纠缠在一起，潮润湿黏，奇痒无比，我真怕再不彻底地清洗，会长虱子。想到虱子，一阵恶心。我缩着身体想让自己快点睡着，却辗转难眠。原本担心会因为走不动，或背不动而放弃，没想到打败我的，竟是这场不在预期中的大雨。

大雨一直下，我的心也一直往下沉，沉入一个黑不见底的深渊中。

我已经顾不了你的感受，只在意能不能有干爽的衣服穿、有干爽的地方睡觉和好好地洗个澡。我不祈求你陪我一起回西雅图，只希望你能体谅我无法再忍受这种湿答答的环境。再待下去，我恐怕会疯掉。我们大概也会不停地争吵，这样对我们也是不好的。

我僵硬地躺着，不知道过了多久，脚才有了一点点温度，但一想到天亮后，又得伸入冷冰冰的袜子和鞋子里，一股寒意从背脊蹿起，浑身打战。我很想就这样躺着，一直躺着，再也不要起来了。

晨光朦胧地从帐篷中透了进来，我听到你正在收睡袋的窸窣声。

我依然躺着，光是想到外头湿漉漉的，我的心又颤抖了起来。

你说："没听见雨声，雨应该停了。"

我依然一动也不动。

你接着说："该起来了。"

我还是不想动。

你靠过来："不舒服？"

你摸着我的额头，确定我没发烧后，松了口气。

你挺直背，淡淡地说："那你就多躺一会儿，我去烧热水，喝点热的东西，就会觉得舒服一些。"

你穿起外套，外套上的水滴飞溅到我脸上。我不知道你怎么受得了将那湿透的衣服穿上去。

你拉开帐篷拉链，兴奋地嚷着："太阳出来了！"

我还是没动，心想，你一定哄我的。

你转过身来，拉开我的睡袋："是真的，太阳出来了。"你的表情就像中了一等奖似的，眼中闪着光彩，嘴咧到了耳边。

“是真的。”你再一次说。

我坐了起来，弯身往外一探，湖岸的山坡上果真一片金灿灿的。

太阳真的出来了，久违了的太阳终于露脸了。

走在被剃了头的山腰步道上，

就像走入树的坟场中。

这是一个没有牌位、没有整饬过的坟场，

反正没有人在乎。

站在一截约两人环抱大的树干前，

我不禁恼怒起来，

那些主张皆伐者何以敢如此自信，

认为清砍了一片森林后，能再种植出一片新的森林?

树就像人一样，

世上没有完全相同的树，

也无法复制出相同的森林。

他们的想法实在太狂妄，也太蛮横了。

把山剃光头

没想到再回来时，是为它而抗争。

茱莉亚爱上了那座庄严的森林殿堂，她在那儿漫步沉思，

老红木苍劲的生命力启发了她对生命的热爱。

离开时，她告诉自己，

也向红木林承诺，日后一定要再回来。

整座山被砍个精光，光秃秃的，就像被剃了光头似的。

横倒在山坡上的树干、杂枝，满目疮痍，就像一个经过激烈厮杀，被坚壁清野后的战场，看得我胆战心惊。

偏偏愈靠近斯诺夸尔米，这种被剃了光头的山愈一再出现。更令我惶然的是，山道就沿着山腰而建，触目所及尽是那些被砍过的树根，有两人环抱的大树干，也有一个人腰身般粗，或仅为大腿粗细的树，这种不论树龄、不论幼熟，一律铲除的皆伐让人

不胜唏嘘。

人类向来以主宰者的角度看待大自然，认为林木原本就该为人类所用，但即便如此，有必要砍伐得这么彻底、这么触目惊心吗?

近年来各界对森林砍伐有几种不同的声音：一派是从生物学的观点提出，主张择伐，也就是在林地中选择已成熟的树砍伐，然后在砍过的地方补种新树，这种做法可以让林地一直有木可伐，也有利于水土保持和水源涵养。更重要的是，新种的幼树在大树的庇护下，可以成长得更好，是比较理想的砍伐方式。西欧国家如芬兰、瑞典多采用这种砍伐法。

另一派是从商业角度出发，主张皆伐。这种概念来自速砍速生，剃头似的砍伐，效率高，容易作业。砍伐干净后，再重新植林，以科学的方式管理，辅以化学药剂，在短期间内增加纸浆原料的供给速度。这种砍植方式适合树木生长快速的热带地区，近年来在南美和亚洲等地发展得很快。巴西就是一个典型的例子。

还有一派是从森林经营的角度提出，主张因地制宜，采用渐伐与更新的方式。这是一种在有利于更新、水土保持和获得林材的原则下进行砍伐的方法，以保森林的永续经营。

三种主张各有其理论基础，森林砍伐也无绝对的方式，端看是否运用恰当。不过身为环保界的大哥，又是温带林区，美国人竟会允许这种皆伐式的砍伐，着实令我震惊。

记得约翰 · 缪尔说过一句话：“任何笨蛋都能砍倒树木，树木却不能自卫，也不会逃跑。砍树的人绝少种树，即使种了树，也无法变成原来雄伟的原始巨木。”

缪尔是保护自然的先驱、作家、登山家，也是荒野爱好者。他毕生为倡导环境保护和荒原的重要性而努力不休。在他极力的奔走下，优胜美地被规划为国家公园，他也获得国家公园之父的美名。

1914年旧金山市政府想在优胜美地附近的赫奇谷地兴建水坝，以解决市区缺水问题。旧金山市曾发生大火，因水源不足而导致死伤惨重，市政府为避免历史重演，大力扩建水源。即使面对如此正当的理由，缪尔仍然坚持保护赫奇谷地的原始风貌，不惜对抗官方代表皮查，爆发了美国环境保护史上的第一场战争。

缪尔认为解决水荒有其他方法，也许会花更多钱或更多时间，但是赫奇谷地之美乃世间罕见，一旦破坏了，就永无回复之日，人类不应愚蠢得加以变更。缪尔曾愤怒地说，在这么壮丽的山谷兴建水库，等于是把神圣的大教堂改建成水塔一样，是一种亵渎神明的行为。然而，这个环保运动终究不敌政商势力，赫奇谷地被淹没了，缪尔的环保行动失败。不过，他的努力却深入人心，激发了其他环保团体的奋斗力。

1964年，美国立法通过《荒原法案》。所谓的《荒原法案》，简单地说，就是在荒原里，山林、动物以及生存于自然中的生命才是主人，人类只是过客，因此不容许人类擅自毁坏或改变自然景观。在这条法规下，美国境内的上千万英亩土地被规划为荒原。

我纳闷的是，太平洋山道既受荒原法案保护，伐木公司怎能将整座山剃光头?

“山道是受到保护，但临近的山林却不全然是。”你摇头说。

原来，19世纪末兴建北太平洋铁道时，华盛顿州为了争取铁道铺设到西雅图海岸港口，划出一大片山林作为与铁路公司交换的筹码。铁路公司再将土地转手给木材公司，因此华盛顿州内有一大片森林登记在私人名下。除非木材公司做出什么违法的事，比方说砍伐后没有复育计划，州政府是管不着的。

记得看过一部影片，有人问一位加拿大农人，在商业利益主导的前提下，如何让自己的土地利用得更彻底，他说，维持土壤的肥沃不只为了个人，或他在土地上耕种的这些年，而是为了往后的数代子孙。这句话让我感动不已，要是其他的农人、林木业主也能这么想就好了。

走在被剃了头的山腰步道上，就像走入树的坟场中。这是一个没有牌位、没有整饬过的坟场，反正没有人在乎。站在一截约两人环抱大的树干前，我不禁恼怒起来，那些主张皆伐者何以敢如此自信，认为清砍了一片森林后，能再种植出一片新的森林?树就像人一样，世上没有完全相同的树，也无法复制出相同的森林。他们的想法实在太狂妄，也太蛮横了。

看着那一截截被砍断的树干，还有散落一地，凌乱的杂枝、树干，不由得想起了茱莉亚·希尔。她要是看到这一片被剃了头的山，不知会有多痛心。

茱莉亚是个爱树的女孩，住在阿肯色州。

1995年，她在偶然的机会下，走进加州汉伯特郡一片广达3000英亩的古老的红木林地。她深深为那片古老、原始而壮观的树林所震撼。那片红木林是环保人士口中“海德沃特红木森林”的一部分，是世上仅存的六个古老的红木林之一。茱莉亚爱上了那座庄严的森林殿堂，她在那儿漫步沉思，老红木苍劲的生命力启发了她对生命的热爱。离开时，她告诉自己，也向红木林承诺，日后一定要再回来。

没想到再回来时，是为它而抗争。

1997年10月，当她听到那片古老的红木林地将以皆伐的方式全面清除时，她背上背包、带着睡袋和帐篷，独自来到北加州。当她到达时，大部分的抗议活动已结束。她待在营地里，一时不知道该做什么。

直到12月，一个属于“地球第一”社团的成员在营地里高喊着：“有没有人愿意到树上‘树坐’？”

她立刻答应。

当茱莉亚爬上树时，心里只想着要保护那些老红木，并不知道“树坐”真正的意义。那是一种森林抗议活动中少数可以运用的和平手段，被称为“公民不服从运动”，示威者住在大树上，保护它免于被砍伐，同时制造议题，突显滥伐的严重性。

茱莉亚和“地球第一”的成员待在一棵他们称为“月亮”的树上，木材公司连续12天以恐吓手段逼他们下树。伐木工人不断地砍伐“月亮”四周的树木，并恫吓要砍掉“月亮”。茱莉亚看到电锯穿透巨树时，难过得就像自己的胸膛被刺穿一样；目睹着树木一棵棵倒下，她不只伤心，也感到愤怒。木材公司的恐吓手段强化了她反击的决心。她将痛苦化成力量，继续树坐。

两个月后，一架直升机加入了恐吓的行列。直升机的螺旋桨绞断“月亮”的树枝，差点吹掉树上的帐篷，茱莉亚依然毫无畏惧。

但讽刺的是，后来要她下来的不只是木材公司，连许多“地球第一”的成员也要她下来。他们的理由是，如果她受伤了，将会使整个活动蒙上阴影，而且他们也没足够的资源继续支持“树坐”活动。

茱莉亚对“地球第一”的人说：“我不是你们的一分子，我的受伤与否与你们无关，你们可以拿走属于你们的东西。只要我还有能力让这棵树顶立，我就不会离开它。”

“地球第一”的成员表面上撤退了，却悄悄地在背地里支持她。

木材公司决定采用孤立的方式，让茱莉亚在弹尽粮绝时主动下来。他们派人在树下戒备，严防任何人靠近大树；还在夜间用喇叭、扩音器、探照灯对她进行疲劳轰炸，让她无法休息。当时正是隆冬，她以极少的衣物，抵抗着冷冽的风雪。她感到空虚、绝望，几乎就快要崩溃了。有时候她觉得自己随时会像树叶一样被狂风吹走，但她还是不想妥协。渐渐地，她觉得自己仿佛成为树的一部分，随着树干在风中摇摆着。

就在她最沮丧的时候，“地球第一”的成员和一些支持者突破封锁，为她带来补给品，也给了她撑下去的勇气。她知道自己并不孤独，地面上还有很多人和她一起奋斗。

封锁失败后，由于天气实在太恶劣了，木材公司撤退了警卫。

茱莉亚继续在树上静坐，她经历了可怕的飓风、倾盆大雨和隆隆雷电。

日子一天天过去，一年转眼间便过去了，太平洋木材公司放弃了恐吓手段，改采“等待”的态度。他们相信一个人的毅力和热情是有限的，茱莉亚总有疲惫的时候，等到她累了，她就会下来的。

然而，他们算错了，茱莉亚根本没打算下来。

茱莉亚的护树行为引起了全美国，甚至全世界的注意，有家杂志还评选她为年度最受尊敬的美国女人。太平洋木材公司的人万万没料到，一年多前这个被当成疯子、激进分子的女孩竟变成了勇敢、坚强的表征，而且全国的环保人士和社会大众齐声支援她，引发了一次次严厉的抗争。太平洋木材公司感到焦头烂额，开始思索着与茱莉亚和解。

一年后，太平洋木材公司和茱莉亚终于正式和解了。

双方签订了一份合约：太平洋木材公司必须永远确保“月亮”和周围200英尺的树不会被砍伐，茱莉亚则由各方捐款，付给太平洋木材公司50000美元的赔偿金。

1999年12月18日，茱莉亚走下那棵她树坐了两年又八天的红巨木。离开前，她激动地跪在树旁，泣不成声，旁边的亲友、支持者莫不跟着感动落泪。

一说到茱莉亚护树的故事，我不由得亢奋起来。如果世界上能多一些像她这样的人，也许可以让更多的树林免于被剃头的命运。

相对于我的激烈，你则理性多了。

你说：“世上确实有许多埋头苦干的环保者，他们不像茱莉亚那么独树一帜，但做了不少事，也需要掌声的。”

我同意你的说法。

接着，你说到了斑点猫头鹰的故事。

斑点猫头鹰就像所有的猫头鹰一样，有一对棕灰色的大眼睛，颜色却更为特别。它们在夜间觅食，以红木鼠等哺乳动物及鸟类为主，飞翔时会发出像狗鸣一样的低沉叫声。

斑点猫头鹰的生长环境很特别，必须在3000英亩大的原始林才能存活，因为只有在这种高耸、顶着茂密的林荫、树龄超过500年的原始林中才能供给它生存的养分。当这些森林遭到皆伐后，斑点猫头鹰赖以生存的生态系统就会遭到彻底的毁灭，它们也会跟着灭绝。

生态学家发现这点后，极力为斑点猫头鹰请命，美国民间人士多方奔走，促使政府制定保护濒临灭绝动物的条例。这项条例通过后，木材公司不得任意砍伐会危害濒临绝种动物居住的老树林。正因为有了这项条例，环保人士从伐木者手中抢下了许多古老的森林，美国西北部一些斑点猫头鹰赖以生存的老森林，也因此免除了被剃头的命运。

美国是个资本主义社会，却是少数能兼顾到自然环境的国家，我想它之所以能做到，是因为社会中有一大群自然环境保护者。他们的努力不仅形成一股强大的力量，抢救出许多珍贵的自然遗产，也带动了世界保护自然运动的发展。

阵阵强风自山头灌下，没有了树林的遮蔽，显得有些寒意。我们加快脚步，走过被剃了头的山道。在转弯处，我再度回头，向那些被清砍的树木默默哀悼，这片光秃秃的黄色坡地何时才能绿树成荫?

一分钟可以砍倒一棵树，等待一棵树成长却得数十年，甚至数百年。但愿砍树的人在扭开电锯前，可以想想缪尔的话。

你说，这就是诈欺湖。

我踟蹰了一下，深呼吸，

大步迈向湖边。

只见雪水顺着山沟源源流下，

翠绿色的溪水在阳光下闪烁着明亮的晶光，

汇入湖泊后，竟变成了深沉的蓝。

湖面好静，波澜不兴。

我们屏住气息，

沿着湖边小径走着，

两个身影一前一后在水中晃动着。

湖滨散记

诈欺湖很静，静得连松针掉落都可以听到……

不知道为什么，我竟然想起了那天在阿拉斯加湖。

可能是荡漾的湖水、清柔的凉风，有些似曾相识；

不同的是，我此时的心是安定的、是踏实的，

因为你就在我的身旁。

过了斯诺夸尔米垭口，我们终于来到了湖乡美地——阿尔卑斯湖区。

在我们所走过的太平洋山道中，高山巍峨，荒原无垠，山涧涓涓，溪水蜿蜒，我最爱的却是如明镜般的湖泊。在阿尔卑斯湖区有数不尽的湖泊，有的碧波万顷，有的袖珍小巧；有的气势磅礴，有的静如处子；有的镶于山谷中，有的徜徉在草原上，各具特色，各有千秋。

在诸多湖泊中，我最爱的是诈欺湖。但一个湖泊为什么会背负“诈欺”之名？我至今依然想不通。

记得当我们朝着它前进时，我心里是这么想的：也许以前湖边埋伏着什么骗子，专门诈骗徒步者，有人便以这样的湖名来提醒徒步者小心。这个想法很快被推翻了，因为在山道上徒步的人，除了食物、睡袋、帐篷外，不可能携带什么贵重的东西，而且大概没有哪个骗子会走这么远的路来行骗。

还是说，很久以前有人千里迢迢来这里寻宝，到了此地才发现只有湖泊，没有宝藏，气愤之余便把这个地方称为诈欺湖？

或是，一百多年前，印第安人与白人在此缠斗，尔虞我诈，被骗的一方气呼呼称此地为“诈欺湖”。只是不知道谁诈欺了谁？

说不定，它的美就是一种诈欺！

当人们走了几天的路来到湖边后，才发现不如传说中的美，在湖边大呼受骗上当。这么想也不对，因为再高明的诈欺术都有被拆穿的时候，我们一路走来，却没听到任何抱怨或警告，反而是更多的赞美。有的说：“诈欺湖太美了，别忙着赶路，好好欣赏吧！”有的则说：“在湖边扎营，你们一定会爱上它的。”他们那副陶醉的模样，不禁让我心生警觉，会不会是一种联合诈欺，得小心点。

我问你，对这个湖名有什么看法，你笑着说：“别太认真，老美对于命名不怎么在行，这一路上我们不是经过了红垭口、白垭口、绿垭口，还有黑山、红山、深湖，一点创意也没有。”

你的说辞没有道理，如果老美只是随便取个名字，为什么不把它称为大湖、中湖或者长湖、圆湖呢？我提醒自己还是小心点，免得被骗了。

终于，到了岔口，一块钉在树干上的指标写着“诈欺湖：四分之一英里”。我们离开太平洋山道，转入一条灌木丛步道中。

大约走了20分钟，依旧不见湖的踪影。四分之一英里不需要走那么久呀！我的心里开始嘀咕，莫非受骗了。你一脸镇静，继续往前走着。我跟在你后头又走了约一刻钟，一片清澄的湖面展现在眼前。

你说，这就是诈欺湖。

我踟蹰了一下，深呼吸，大步迈向湖边。

只见雪水顺着山沟源源流下，翠绿色的溪水在阳光下闪烁着明亮的晶光，汇入湖泊后，竟变成了深沉的蓝。湖面好静，波澜不兴。我们屏住气息，沿着湖边小径走着，两个身影一前一后在水中晃动着。

覆盖着白雪的山岭，似有若无地在湖中摇曳着，林木的倩姿也垂挂在湖中，真所谓山色映湖光，湖光藏山色。几只水鸭缓缓游过，将绸缎般的水面划开一条隙缝，绿色水波缓缓向两边延伸，惊动了湖中的鱼儿，搅乱了雪山倒影，也拉住了我们的脚步。阳光温柔地披洒下来，毫无秋老虎的脾气；轻风拂面，却带着雪山的丝丝寒气，我大口地吸了一口气，实在太美了。

向晚时分，湖面上飘起一层薄雾，如梦似幻。我很怕它开始使出诈欺手法，待薄雾消退后，眼前的美景顿然消失。你笑我在说傻话。

不一会儿夕阳从云层后射出，薄雾在璀璨的光彩中蒸发了，湖面顿时浮光耀金、七彩流溢。我目不转睛地看着，满怀欣喜，心里的担忧也随之蒸发了。

我们静静地坐在湖边，看着如水袖般的湖面由金黄变深蓝，看着青翠的山林由清晰到朦胧，看着夕阳在紫色的天际由鹅黄变成晕红。晚风习习，冰凉清新，不由得想起了李白的诗："淡扫明湖开玉镜，丹青画出是君山。"

"在这儿多留一天吧！"我说。

"留两天也没问题，我们的食物够多。"你说。

我们在一块隆突的平地上，就着几棵松树扎营。晚餐过后，月儿升起，沐浴在皎洁月光中的诈欺湖，就像一首曼妙的诗篇。我们并肩而坐，仰头观看野地星空。

我说："如果能在月下对酌就更美了。"

你从背包里拿出一小瓶威士忌，笑着说："一人只能喝两口。"

那一小口只能沾润喉头，我觉得不过瘾，美景当前何必斤斤计较呢？你露出迟疑的神色。我知道那酒是为了冷天气而准备的，但你终究还是妥协了，又为我斟了些。

星星在空中闪烁着，你指着最亮的那颗星星说，那是北斗七星，接着又指出狮子座、处女座，我仰着头，目光随着你的手指移动。前年夏天，我们在威尔斯海边露营时，也看过如此美丽而璀璨的星空，我原以为再也难以见到如此迷人的星空，没想到在太平洋山道上能再次享受视觉盛宴，真是不负此行。

突然间，我觉得近视眼变好了，可以看到隐藏在墨色中的树林，还清楚地看出湖畔水草；耳朵也变得更灵敏了，听到了美妙的湖畔音乐。我兴奋极了，你却说，不是我的耳朵变灵敏了，而是大自然让它们恢复了既有的功能。

你说得对，文明为现代人带来了舒适的生活，却也退化了感官的功能。梭罗曾在书中提过听见过无弦琴的美妙声音。他说在古希腊传说里，无弦琴并无弦，只要风动就能发出声音，不过不是每一个人都听得到的，只有内心纯净的人才能听见那美妙的乐音。世上并无无弦琴，梭罗所要传达的，是传说背后那份回归自然的重要。难怪他一再强调，只要在森林中一沾春风的喜悦，就不难领悟何者才是文明进化的指标。

梭罗一再强调孤独的乐趣，我心有同感，但在如此辽阔而宁静的旷野中，有你为伴别有一分甜蜜。

营火渐渐熄灭了，我却还不想进入帐篷里，举头望着天上的星星，“要是每天的天气都像这样，不知有多好”。

“没有人可以控制天气，天气好的时候得尽情享受。”

“最好不要再下雨，一想到那几天下个不停的雨，我心里就发毛，当时你只是一味地催着我走，像个督察一样。”我瞅了你一眼。

“如果不是我的坚持，我们又怎么能享受到这么美的夜晚呢？”

“那你也不必那么严格啊？好像我是犯人似的。”

“老实说，天天穿着湿透了的鞋子走路，确实不是件愉快的事，你看看我的鞋子，已经快要开口笑了。”

你将脚趾一提，登山鞋前头露出一道缝隙。

“那你为什么还那么坚持？”

“这是我们第一次长途徒步，我不希望在不愉快的情况下结束。你想想，我们要是在雨中匆匆结束，没办法经历这么美的景色，你还会想再来吗？”

“大概不会。”

“就是喽！那时候你才刚适应了肩上的重量，也刚体验到长途徒步的乐趣，谁知道就下雨了，而且还下了那么多天。当时我真怕我们如果中止，你会以为太平洋山道不过如此，以后再也不肯来，所以无论如何都得度过那场雨。”

想不到你竟想得那么远，我感到好羞愧。

“瞧，现在雨过天晴了，我们也来到这么美的地方，辛苦总会有代价的。”在星光中，你的笑容好柔、好美。

第二天清晨，诈欺湖以另一种容貌迎接了我们，就像山野中的少女，秀丽可人。

我们静静坐在湖边，等待太阳从山头上探出头来。当湖面上布满万缕朝晖时，我们已用过早餐，在湖边狭窄的小径上漫步。

不知道为什么，我竟然想起了那天在阿拉斯加湖，可能是荡漾的湖水，清柔的凉风，有些似曾相识；不同的是，我此时的心是安定的、是踏实的，因为你就在我的身旁。

午饭前，我们在湖边洗衣服，虽说洗不如说泡，因为不想污染水源，所以没用任何洗涤剂。我们将衣服泡在水中，搓揉一番，洗去上头的汗味，便算是干净了。你在树间挂上绳索，除了挂着洗过的衣服外，睡袋也在上头晒着。看着那一绳子的衣物，还有后面的帐篷，竟有一种家的感觉。

诈欺湖很静，静得连松针掉落地上都可以听到，唯一的声响，是鸟儿的歌声、花栗鼠的吱吱叫声和林间的风声。

你倚坐在湖边松树下，几只树燕在你脚边跳跃着。树燕是此地常见的鸟儿，披着一身晶亮的宝蓝外衣，雪白色的胸毛柔细光泽。它们一点儿也不怕生，把你的手臂当成树枝，又跳到你的掌心，然后飞回树上。你似乎也把自己当成一棵树，任由它们玩耍着。

红交喙鸟、山蓝雀也来了，松金雀则害羞多了，静静地站在树上看着。它的歌声却深深吸引了我。

松金雀唱了几首歌后，便飞走了，我也开始忙着招呼新的访客。

我拿出一块点心，拨了一小块放在身旁的石头上，花栗鼠左观右看的，一会儿往东跑，一会儿往西跳，在一来一往中慢慢朝点心移动，它那谨慎小心的样子实在有趣极了。过了约莫五分钟，它跳上石头，以迅雷不及掩耳的速度抓起点心，拔腿跑进草丛里。

我又在原处放了另一小块点心，原想引诱其他的花栗鼠，没想到之前那只飞快地跑了来。它显然食髓知味，胆子也变大了，当其他的花栗鼠还在观望时，它先吃了点，拿走点心又跑进草丛里。

它又来了，缩着前足，像个孩子似的站立在我面前。它那等着施舍的模样令我忍不住想笑。我轻声说着："小花栗鼠，我很想喂你，就算把整块点心都给你也没问题，但我不能害你，喂食野生动物是不对的。"我们相互对望了一会儿，它大概知道没东西可吃了，摇了一下那蓬松的尾巴，掉头而去。

一只松鼠突然从树上跑下来，毫不在意我们正盯着它看，悠然地啃起长在树干上的蘑菇。它啃断蘑菇的根部后，衔在嘴里，迅速地奔上了树干。这时我才发现到，树干上端还有一只松鼠，身体摊平倒挂着，若不是那蓬松的尾巴，真会让人以为它那灰褐色的身体是树干的一部分。想不到松鼠也会玩保护色的游戏。

湖畔四处都是蓝莓树丛，我们采了一大堆蓝莓，回到营地后兴致勃勃地做起蓝莓松饼。我将松饼粉和水调匀，加入一大把蓝莓，因为没有带油，只好以奶油替代；奶油带得也不多，只能润滑锅底，结果松饼粘锅，无法翻面。我怕再煎下去，锅底焦黑了，松饼却还未全熟，于是锅子倒过来，改为烘烤。

你看了哈哈大笑，说生平第一次看到有人这么做松饼，急忙拿出相机，为我照了一张特写。

松饼烘熟了，却无法从锅中拿起，我们只好就着锅子像在铲土似的，用汤匙挖着吃。没有松饼的松软，蓝莓也烤焦了，却有种难忘的味道。你说你尝到大自然的甜味，我则闻到了松香。洗锅子时，才发现锅底有好几根松针，可能是在搅拌时落下来的。

在诈欺湖停留了两天，临走前，心中诸多不舍。但套用一句梭罗的话："只想欣赏大地，却无意独占，因为我不想当奴隶。"挥挥手，不留下一片垃圾，不带走一朵云彩，我们继续迈上太平洋山道。

只是，我依然不解，为什么会以诈欺为湖名呢！

我静静地跪坐在草地上，
望着那一弯清流。
水流很隐晦，悄悄地从草丛中流过，
只露出一小段。
我静静坐着，两眼盯着流动的溪水，
潺潺水声从耳边流过，很轻很轻。

就在那一刻，
我发现荒野中的时间是存在的，
就如同那股清澈的水流，
一点一滴地从我身旁流淌而过。

时间的荒野

在呼啸山庄，我又体验到了时间的荒野，寂静而辽阔。

我惊喜莫名，想叫醒你，
告诉你我看到了时间在流动。
荒野在时间中流动，
时间的荒野也在变化着。

在经过史蒂文森垭口后，山道顺着山腰蜿蜒而升，大约一小时，我们便从3600英尺爬上5000多英尺。回头往下一瞥，只见公路上的汽车像快速流动的火柴盒，朝着东西两方急速奔驶着。我突然替车里的人感到悲哀起来，如此优美的山林景色像风一般地从车轮掠过，快得连在眼帘中停留的机会都没有。相较于文明的匆忙，山林中缓慢的节奏越发耐人寻味。

无意识地伸手看表，才想起手表在背包里，走上山道后就没有再戴它。

收起表那天，记得你是这么说的：“时间在山野中是不存在的，没有人规定我们得在几点钟起床，几点钟休息，也不必赶着赴约，一切遵循自然的节奏，日出而起，日正而食，日落而息，何必在意那几分几秒。”

确实如此。

山中无甲子。在山道中我们忘记了星期，也记不起月日。外面的世界发生了什么事，我们无从得知，也暂时不想知道。一天走过一天，待粮食用尽，就是该下山的日子了。

这不是我第一次感受到时间的荒野。

有一年我和友人前往英国北部的约克夏荒原，探访最钟爱的英国女作家艾米莉·勃朗特，便体验到时间在荒野中是不存在的。

那是一个阴霾的夏日清晨，刮着凛冽的大风，呼呼作响，乌云低得让人难以喘息。那凄烈的风，那狂摆的草，那乌浓的云，就像艾米莉在《呼啸山庄》所描写的一样。

我们从勃朗特姐妹居住的小镇哈霍斯，走进一片广袤无垠的荒原中，当最近的一幢农舍消失在地平线上时，放眼望去，是一片无垠的荒野，仿佛走进呼啸山庄的时空。勃朗特姐妹经常在荒原上散步，特别是艾米莉。她不喜欢城市，不知道如何跟人相处，只有在荒原中才会感到自由、感到安全。她经常在荒原中一走就是几小时，或坐在石头上看着荒原在风中舞动着。

走着走着，我突然停下脚步，惊觉到眼前那一片荒原不正是勃朗特姐妹所看到的那一片吗？同样是凄烈的风、乌浓的云、狂摆的草，还有依附在石头旁挣扎而生的紫色石楠花。那是勃朗特姐妹的荒原，100多年前她们眼中所看到的景致，正生动地呈现在我眼前。我看到了她们所看到的景色，但当中的这100多年哪里去了？

我傻愣愣地站在荒原中，看着看着，强风吹袭着我的外衣，阵雨唰唰地打在我身上，我毫无所觉，一心沉醉于勃朗特姊妹的荒原中。荒野的时间是静止的，时间的荒野则是静默的。

我兴奋地在风中对着友人喊着："我看到了艾米莉所看到的荒原了！"我们顾不得狂风和骤雨，飞快地往荒原中走去，想去看看呼啸山庄中那幢废弃的农舍，时间是不是也忘了在那儿驻足？

但风实在太大了，雨又如鞭子般在我们身上狂打，我们一身湿透，愈走愈泥泞。当我的一只脚陷入泥沼中时，我决定往回走。心想，时间如果未驻足于农舍上，任何时刻回来都是一样的。

在往回走的路程中，又是一阵惊愕，一个身着19世纪中叶服饰的少女在荒原中踽踽独行。虽然我们很快意识到他们正在拍片，心中还是怦怦跳得好快。如果不是那些摄影器材和那些身着现代服饰的工作人员，我会真的以为走进了时间的荒野里，与艾米莉不期而遇。

两年后，你到里兹参加一场学术研讨会。会后我从伦敦北上和你会合，我们决定一起去看位于荒原中的呼啸山庄。这次我们并没有直接到哈霍斯镇，而是沿着平宁步道往北走，经过三天的脚程，我们走到了呼啸山庄中那幢废弃的农舍。

时间果然没在这里停留过。山庄位于荒原的高点上，放眼望去，整个山谷一目了然。山谷里没有一幢房子，没有一点人工的痕迹，也看不到时间走过的痕迹，只有漫山遍野的紫色石楠花在微风中摇摆。我想艾米莉会那么喜欢这里，可能就是因为荒野中的静寂和那一大片石楠花吧!

我在勃朗特姐妹的传记中看到一段感人的记载：当艾米莉病危时，昏迷中喃喃说着，想再看一眼石楠花，当时正值11月隆冬，荒原早已淹没在冰雪之中。姐姐夏洛蒂（《简·爱》的作者）冒着风雪跑到荒原里，在石头缝里寻寻觅觅，终于找到一株冰冻、枯萎的石楠花。她兴冲冲地跑回家，可惜还来不及将花放在艾米莉的手中，她已经躺在沙发上断气了。

那座沙发依然还在，静静地躺在勃朗特姐妹故居的客厅中，时间没有在它身上留下痕迹，却再也等不到女主人的亲抚了。

在呼啸山庄，我又体验到了时间的荒野，寂静而辽阔。

这样的感觉，我又一次在太平洋山道上的荒野中感受到了。

那一天，我们在一大片野地上午餐，阳光暖烘烘的，四周寂静无声，鸟儿不叫，风儿也不吹，除了一弯清流缓缓流动着，我们仿佛是唯一会移动的物体。吃过午餐后，你往草地一躺，帽子往脸上一盖，呼呼睡了起来。

我静静地跪坐在草地上，望着那一弯清流。水流很隐晦，悄悄地从草丛中流过，只露出一小段。我静静坐着，两眼盯着流动的溪水，潺潺水声从耳边流过，很轻很轻。就在那一刻，我发现荒野中的时间是存在的，就如同那股清澈的水流，一点一滴地从我身旁流淌而过。

我惊喜莫名，想叫醒你，告诉你我看到了时间在流动。荒野在时间中流动，时间的荒野也在变化着。但我没出声，生怕这一嚷嚷会吓跑了时间。

我默默想着，是无边无际的荒野给了时间流动的空间，还是漫长的时间给了荒野变化的舞台？还是在那个午后，我的心中沉静得能感受到自然界的变化？

我不急着找答案，只想在时间的荒野中，静静地看着时间悠然流过。

寒风如箭般刺向我，
我用嘴咬着手电筒，
在雪地里试着点燃瓦斯筒。
因为气温太低了，
瓦斯呈凝固状态，怎么点也点不着。
我将瓦斯筒抱在怀里，
让身体的热度暖化它，
同时不停地问你，
觉得怎么样。
我必须跟你说话，
确定你没事。

听，雪的声音

这场雪下得很突然，让我们有些措手不及，却也让我感到相当欢愉。

“你听，雪打在帐篷上，很轻，很好听。”

我沉静下来，静静听着。

我竖起耳朵听着。

我听见雪的脚步了。

掀开帐篷时，简直不敢相信眼前的景象。

“天气怎么样？”背后传来你的声音。

“下雪了。”我像个木头人，两眼直盯着地面看着。

“怎么可能，才9月呀！”你以为我在开玩笑。

“是真的，而且下得挺大的，到处都是雪白一片。”

你挤到我身旁，探头看着，地面上的积雪有五六厘米高，我们的背包上也是一片雪白，远处的松林则像圣诞节的景象，披着一层皑皑白雪。

我以一种不可思议的表情看着你，喃喃说道："怎么会？昨天的天气那么好，就像夏天一样……"

昨天还不到四点，我们便已经扎好营了。我向来喜欢在松林里扎营，两棵巨松矗立在帐篷两侧，好像左右护法，一左一右地护卫着我们。几截粗圆的松木散落在营地前，像长板椅似的围着一个小火坑，火坑里还有些未烧完的木块，想必是之前在此扎营的人遗留下来的。我提议在原地搭起营火，享受一个温暖的营火之夜。你欣然同意。

我们顺着下坡步道走向小溪。阳光还在树梢上，溪水闪闪生辉。上游的溪床横躺着两块大岩石，截断水流，形成一个水潭，宛如天然浴池。

你开怀地说着："这是一个洗澡的好地方。"

我有同感。但我怕有人路过，带着毛巾往更上游走去，还要你盯着步道为我把关。

你一副不耐的样子说："荒山野地，不会有人来的，就在这儿洗吧！"

你说得对，但我还是无法克服心理的障碍。

你笑我摆脱不了文明的束缚，枉我们在山林里待了这么久。

我不再回嘴，开始洗了起来。

溪水冰凉清澈，阳光却暖烘烘的，好久没有好好地洗澡了。我们之前多半在湖边扎营，梳洗固然方便，但环境过于开放，我始终不敢大胆地洗。这条小溪相当隐蔽，两侧有浓密的树林为屏，靠近步道处又有巨石挡着，就算有人经过也看不出任何端倪的。我坐在石头上，任由清泉冲刷着背部，尽情地享受着山林野浴。

我洗完后，该你上场。

你不像我万般小心，就像个孩子，衣服一脱，一屁股坐进水潭里，溅得水花四起。我在步道旁的小溪边洗着袜子，耳边不停传来你大呼过瘾的呼叫声。

回到营地，你生起营火，我穿梭在林间寻找干枯的木材。有大木块才能将营火烧得噼啪响。我喜欢那清脆、响亮的燃烧声，就像一首明快的舞曲，让人有种想要随之舞动的念头。

有了火光，荒野便有了家的温馨，昏暗的夜不再凄冷，疲惫的双脚也不再酸痛。如果恰好有其他徒步者在附近露营，便会带着晚餐，循着火光而来。大家一起烹煮、闲话家常，分享野地徒步的经验。话匣子一打开，天南地北，熟稔的程度一点儿也不像五分钟前才认识的，反倒像在山中巧遇的多年好友似的。

今夜没有循着火光而来的客人，只有你和我。

夜，在营火的热度中暗淡下来，你的脸庞却红润了起来。你开怀地唱起歌来，唱了一半便唱不下去了，因为忘了词。你毫不在意，脸不红气不喘地说："换一首。"又自顾自地唱了起来。

你唱了一首又一首，没有一首唱得完整，我一点儿也不介意。在荒野中，聆听你不美妙的歌声，是一种闲情，也是幸福。

锅里的水发出吱吱声响，你以树干为钩，提起锅子，倒入食物，继续煮着。

食物的香味从锅里飘出，“是墨西哥鸡肉饭？”我问道。

“不，是松脂夜露辣鸡饭。”你的笑容就像天边的上弦月。

松脂夜露辣鸡饭，这个名字取得好，味道也棒极了。

营火将锅子熏成了黑色，金亮光华，你直说会刷不掉。我说，何必刷呢？我就喜欢那光亮的黑金。

我们并肩坐在营火前，看着火舌在木材中蹿升，月儿从树梢探出头来。我发自肺腑地赞美起这个美丽的夜晚。

你有所感地说：“能看到这么美的景色，走再多的路都值得。”

我心有同感，无限感激地说：“谢谢你把我带到荒野中。”

你的眼中充满柔情：“该说谢的人，是我。”

我疑惑地看着你：“为什么？”

你笑了笑：“这段路我已走过两次，这里的景色我也很熟悉，但这一次我却看到了一种全新的景色。”你顿了顿，脸上的笑容荡得更大，“我是透过你的眼睛来看的。”

你的话又一次感动了我，你就是这么好，处处顾及我的感受。

你总是说，要透过我的眼睛重新看这个世界，你也真的做到了。

每当我们旅行时，有些城市你不知已去过多少回，你就好像第一次去似的，当我为某个建筑发出赞叹时，你的眼中也闪烁着晶光；当我流连在古街小巷时，你也欣喜不已。你还说，和我一起旅行开启了你的眼界，让你看到了许多以前没看到的东西。平心而论，是你开启了我的视野，是你让我经历了许多我意想不到的事情。我不得不说，和你一起旅行真好。

喝下最后一口咖啡时，红光已从炭火中隐退，木头变成了炭灰。你将一杯水倒入炭火中，火熄了，我们向荒野道了声晚安。

星光璀璨明亮，我满怀喜悦："明天必然又是个晴朗的好天气。"

你抬头看着晴朗清透的夜空，附和地说："一定会是个大好天。"

谁也没想到，早晨醒来竟是一片白雪。

这场雪下得很突然，让我们有些措手不及，却也让我感到相当欢愉。

上一次看到雪，是在伦敦。我站在你的院子里，看着雪花飘落下来，任由它落到我的身上、我的脸上。雪花落地后被风卷起的样子，就像穿着白色纱裙的少女，在野地中翩然起舞。

我也像个在野地曼舞的女孩，不停地对你说："我喜欢下雪。"

你却不以为然：“只有住在热带地区的人才会对雪产生幻想，我们早已看穿它残酷的一面。”

也许你说得对，但我就是喜欢雪。

“雪下这么大，我们竟一点都没听见。”我好奇地说。

“可能被松树挡住了吧……”你随口说道，却又沉吟起来，“雪降落时有声音吗？”

在我印象中白居易是听过雪的。他在一首《夜雪》中写道：“夜深知雪重，时闻折竹声。”可是仔细琢磨这句诗，发现他所听到的其实不是雪的声音，而是雪下得太大，压断竹枝所发出的声响，不能算是真正听到雪的声音。

那么，雪落下时到底有没有声音呢？我又想起了谢安与侄儿的问答。

谢安问：“白雪纷纷何所似？”

侄儿谢朗答：“撒盐空中差可拟。”

谢道韫则说：“未若柳絮因风起。”

啊，雪轻如柳絮，不像盐巴，所以听不到它降落的声音。

这么解释倒合理，却未能满足我。我不停地问自己，雪落到地上需要多久时间，雪落到地上能发出多大声响？

好想听听雪的声音，于是不由自主地竖起耳朵，却什么也听不见。

接近中午时，一阵细碎的声响从小溪那头传来，我赶紧从帐篷里探出头，不是雪，是一对青年。不过，他们身上都是雪。

“山道上的积雪有多高？”你听到声音，也从帐篷里探出头来。

“大约有脚踝那么深，不过还可以辨识出山道。”青年说道。

“你们打算一直待在这里吗？”站在青年背后的女孩问。

“我们担心山道被雪淹没，迟迟未敢上路，现在听你们这么说就放心了。”你边说边爬出帐篷外，站在雪中和那对青年闲聊起来。

他们说昨夜在莎莉安湖扎营时，绿波荡漾，秀丽迷人，像个青春洋溢的少女，没想到一夕之间，竟变成了白发老妇，好像被人施了魔法似的。青年的语气中充满了惊讶，还带着惶然的表情，闲聊几句便又匆匆上路。

我们也决定上路了，看了表，已经十二点半了。

穹天因雪而朦胧，白茫茫的一片。我们穿过堆积着厚雪的树林，就像穿越时光隧道，从重阳节一下子跳进了圣诞节。

路面很滑，一不留神便会跌个四脚朝天。你走得很慢，我因耐不住寒风的吹袭，企图以快步法暖身，我们的距离因此拉开了，不过每到一个弯口我都会习惯性地回头看看你，等到你走入我视线范围内才继续前进。

经过坎迪垭口后，迎接我们的是一段平缓而漫长的山腰步道。你那踽踽独行的红色身影，在白雪纷飞的山道上十分抢眼，颇有千山独行的沧然之美。一只土拨鼠从你前方的大岩石后面探出头来，在大雪中发出阵阵哀鸣。我以最快的速度卸下背包，拿出照相机，想拍下在雪地独行的你和引吭悲叹的土拨鼠，可惜气温太低，相机的电池处于停摆状态，错失了一个如诗的镜头。

土拨鼠钻进岩缝里去了，你在岩石上坐了下来，从身边的草丛上抓起一把雪，向我要柠檬粉。

“口好渴，我们可不可以吃柠檬冰？”你说话的表情很逗趣，就像孩子在问妈妈可不可以吃冰激凌似的。

我在背包里掏了半天，一时想不起那袋柠檬粉放在哪儿，也以妈妈的口吻说：“天气太冷了，不可以吃冰。”

你一脸沮丧，将手上的雪塞进嘴里，吃起素冰来。

我们抵达莎莉安湖时，大约是下午四点钟。雪已经停了，山岚笼罩着湖面，根本看不清楚它的面目，却看到一幅素净的山水画卷。

当我们扎营时，雪又飘了下来，如针般的冷风刺得我面颊红肿、手脚酸痛，我们以最快的速度完成了扎营、烹煮、用餐。

你说：“天气太冷了，进帐篷里去吧！其他的工作我来做就行了。”

我求之不得。

在如此恶劣的天气中窝在温暖的睡袋里，是多么愉快的事啊！尽管双脚依旧冷冰冰的，身体却暖和多了。

天色昏暗了下来，你却还没进来，不知道你在雪地磨蹭些什么。

你终于进来了，我整个身体都已包在睡袋里，看不见你在做什么，只听见一阵窸窣声响，还有你喊冷的声音。你的声音抖得好厉害。

终于你躺了下来。你紧靠着我，感觉到你在发抖。

“你怎么会抖得那厉害？”我问。

“我觉得好冷、好冷……”你的声音断断续续的。

“你还好吧！”我从睡袋里探出头来。

“在红色……塑胶包里有……个……急救毯，麻烦……你拿给我……”你的话竟然断成好几截。

我急忙打开手电筒，从你所说的那个红色塑胶包里拿出一个银色小包，里头是一种为防止温度流失设计的纸张，很像锡箔纸。我拉开拉链，将急救毯摊开，一阵刺耳的窸窣声，急救毯破成好几块。一定是前几天淋了雨的缘故。

我说：“破了，怎么办？”

你回答：“那就……算……了。”

你的脸色惨白，身体依旧无法控制地颤抖着。一个可怕的念头浮出来，你可能在失温状态中。我一时慌了起来，摸你的手，冷得像冰一样。

我让自己镇定下来，失温的救治法，就是要尽快保住失温者的体温，我急忙穿起所有的衣服，爬出睡袋，然后将我的睡袋盖在你身上。

“你还觉得冷吗？”还有，不能让失温者陷入昏迷，我要不停地跟你说话。

“我一会儿……就……好了，别……担心……”你的声音依然颤抖得很厉害，幸好意识还清楚。

我挪动你的身体，让你完全包裹在我的睡袋中，除了你的嘴和鼻子外。我将你包得紧紧的，不让你的身体接触任何冷空气。我一边做着，脑子里浮出各种可怕的念头，在这荒山野地里，万一你发生什么事，我该怎么办？我心里愈来愈慌乱，不停地问你：“你现在觉得怎么样？”

“我……好多了……”你的声音稳定多了，但身体还颤抖着。

我突然想到让失温者喝点热的、甜的东西，有助于恢复体温。“我去烧点热水，你喝了会舒服一点。”

“外头下雪，你不……要出去。”

“我很快就回来。”

寒风如箭般刺向我，我用嘴咬着手电筒，在雪地里试着点燃瓦斯筒。因为气温太低了，瓦斯呈凝固状态，怎么点也点不着。我将瓦斯筒抱在怀里，让身体的热度暖化它，同时不停地问你，觉得怎么样。我必须跟你说话，确定你没事。

我问你为什么在外面待那么久？你说天气太冷了，冻得你手都僵了，费了好一番工夫才把食物包吊在树上。然后你拿出小收音机，跑到较空旷的地方试着收听天气预报。你搜寻了很久，终于接收到一个电台，于是你就在那儿等着，一直等到气象预报时间，没想到电台里传出的竟是“史普肯市华氏88度（31°C）”。

听到华氏88度的高温，我为之一震：“那是什么地方？”

“史普肯市在华盛顿东部，那里是一片沙漠，温度当然高咯！我手脚冰冻地站在雪地中，没想到听到的竟然是几百英里外的沙漠的天气信息，真让人气馁。”你说话的声音稳定多了。

在雪地里听到31°C高温的气象报告，外面的世界离我们太远了。

热水比平常更难沸腾，我尽量靠近炉火，又不停地跳动着，但天气实在太冷了，我必须快点进去，免得发生失温的危险。锅子里的水开始冒泡了，再过一会儿应该就会开了。我提高嗓门，喊着：“你现在觉得怎么样？”

“没有那么抖了，你的睡袋很暖。”这是我想听到的答案，我的心终于放了下来。

我的手冰得像冰棒，僵硬地拿起杯子，倒进两大匙的巧克力粉和糖。此刻我再也不在意巧克力粉和糖能不能撑到最后，只要能度过危机，以后都不吃糖也没关系。

我在雪地上不停地跳着、跳着，以增加身体的热度。寒风伴着冰雪不停地打在脸上，我这才了解到你说的，在寒地里生活的人不会那么容易被雪的表象所蒙骗，在那雪白的外表下，雪其实隐藏着致命的杀机。

水终于滚了，热腾腾的巧克力温润了我冰冻的手和饱受惊吓的心。

我违反了《防熊守则》上的规定，将热巧克力端进帐篷里。我想雪都下了，熊应该已经冬眠去了，不会来找我们的麻烦吧！

我将睡袋拉开，你坐了起来，喝着热巧克力。

你的体温渐渐恢复了，手是温的，身体也温热了起来。

喝完了整杯巧克力后，你显然有精神多了，我却冷得要命。

在把睡袋拿回来前，我坚持要你穿着毛衣睡觉。你拗不过我，只好听话。

我钻进睡袋里。睡袋的温暖让我更加体会到雪地的寒冷。我的身体慢慢地暖和起来，心里却不由得恼火起来。

“你一再要求我要买好的装备，自己却没做到，太过分了。”我责备你。

“老实说，我去年就感觉到这个睡袋不够暖，原本打算买个新的，但又想可能不会那么冷，于是就买急救毯作为应急之用，没想到急救毯会在大雨中报销了。”你平淡地说着。

你不是那种会抱着侥幸心态的人，我突然明白了：“你一定是把钱花在我的装备上，才放弃买新睡袋的是不是？”

你避而不答，还故意转移话题：“你听，雪打在帐篷上，很轻，很好听。”

我沉静下来，静静听着。

我竖起耳朵听着。

我听见雪的脚步了。

它悄悄地从天穹中飘飞下来，掠过松针，跳下岩石，蹑手蹑脚地走向我们。我听到它站在帐篷上，听到它的裙裾随风飘动的声音，还听到了雪花绽放的声响。它的步履很柔很轻，毫不张扬，悄悄地从我们的帐篷上滑落，婉约得像首小夜曲。

雪，沙沙沙地落着，四周寂静无声，没有虫鸣，也听不到鸟叫。

这种下雪天，动物们大概都缩在洞穴里。我不由得想起了那只土拨鼠。

你转过头来，轻声地说："谢谢你……"

我"嘘"的一声："听，雪的声音。"

我们一起躺在雪地中，听着雪打在帐篷上的声音。

沙沙沙、沙沙沙，雪还在下着。

我觉得困了，但我不敢睡，我要当你的守护天使。

雪的声音愈来愈轻、愈来愈细，你的鼾声却愈来愈响，这次我毫不抱怨。

摸摸你的手，是温热的，又摸摸你的身体，也是热的。

沙沙沙，雪依然下着。

山道带我们下到4300英尺后，
转入森林中，
然后是一段溪谷步道。
溪床深五六米，水声淙淙作响，
连日大雨使得水位漫过溪中巨石，
水流相当湍急。
这段步道虽平坦，却很泥泞。
我走在前头，提醒你得小心。
你应了声“晓得”，
话语才落，立刻传来你撼人的呼叫声，
一回头，你已滑落溪谷。
在离水面约半米的地方，
被一根枯干拦住了。

跌入溪谷

在你惊吓的脸上，我看到一个短暂的笑容。

这天的运气真的很不好，营火怎么也生不起来，

有点像上次下雨的时候。

不同的是，那时我沮丧到极点，

此刻却换成是你。

早晨起来，雪已停了，积雪却有七八厘米高。

在如此冰冷的天气中实在难以咽下冷麦片粥，我煮了一锅热水，改吃热麦片粥，外加一杯热咖啡。匆匆吃过早餐后，便在雪地上徒步起来。

下过雪的山道很滑，走起来特别吃力，我们的速度放得很慢，生怕跌个四脚朝天，但你还是跌倒了。你吃力地从雪地站了起来，看了看鞋子，自言自语地说着：“鞋底的纹路已磨得差不

多，得买双新的。”我真后悔出发前没有像你检查我的装备一样，也检查你的，如果我当时也这么做，或许昨晚你就不会陷入失温的险境中，现在也不会摔倒了。

我们在云雾中穿过一片草原，转入4000英尺的松林谷地，接着开始爬上5800英尺的红垭口。这时鹅毛细雪又飘了下来，能见度非常低，山道很窄，一个不慎，就会失足掉入山谷中，你一再提醒我要小心。强风夹着细雪迎面吹来，走一步差点退两步，不由得想起小时候读过的纳尔逊雪中上学的故事。

英国海军大将纳尔逊小时候和哥哥在大风雪中走路上学，走一步退两步，哥哥想回家，纳尔逊告诉哥哥如果这么容易就被大雪击倒，以后还能做什么大事呢？纳尔逊不惧风雪上学的故事，在台湾成了鼓舞人心的励志故事，你在英国却从来没听过，让我感到相当惊讶。

你反问我：“亚热带的孩子连雪都没见过，又怎么知道在风雪中行走的艰困？这样的故事，究竟会产生什么激励作用？”

我想了想：“台湾孩子没有在风雪中的经验，才能凸显那个故事的特别，我的意思是说，才能唬得住我们。”

你哈哈大笑。

在前往红垭口的途中，是观看冰川主峰南面风采的好机会。可惜我们又错失良机，冰川主峰隐没在层层的云雾之中。没想到我们可以就近欣赏的两座火山，都在恶劣的天气中错过了。

你说："还有机会，两天后我们会绕过冰川主峰，经过火溪垭口时看到它的北面英姿。"

听你这么说，我觉得安慰一些，同时祈求届时天气能转好。

中午，就在我们快接近红垭口时，全身冷冰冰的。你说："天气实在太冷了，煮点热汤吧！"

我从背包里拿出汤包、炉子，躲在树丛下煮了起来。

这时，鹅毛飞雪变成毛毛雨雪。

在这样的天气中喝着热汤，真是痛快过瘾。那是我此生喝过的最美味、最难忘的一杯汤。你一定是被我那陶醉的模样所感动，才会不嫌麻烦打开一层层的塑料袋拿出相机，为我拍了一张特写。

过了红垭口，山道急遽往下，雨也大了起来，雨水随着山道流泻而下，形成一道道的小瀑布。往下走了约莫半小时，景观由岩石堆变成了草原，有点像英国北部的湖区山道。1998年5月我们在湖区徒步时，也是下着雨，情况和此刻很类似；不同的是英国湖区有数不尽的民宿，尽管浑身湿透了，也不必担心。到了民宿便可以洗热水澡，还有干衣服可换，更不必发愁找不到平坦的地方可以睡觉。

山道带我们下到4300英尺后，转入森林中，然后是一段溪谷步道。溪床深五六米，水声淙淙作响，连日大雨使得水位漫过溪中巨石，水流相当湍急。这段步道虽平坦，却很泥泞。

我走在前头，提醒你得小心。你应了声“晓得”，话语才落，立刻传来你撼人的呼叫声，一回头，你已滑落溪谷。在离水面约半米的地方，被一根枯干拦住了。

我吓坏了，急忙将身上的背包一丢，从你跌落的地方下去。坡度相当陡，与溪谷几乎呈垂直状，也很滑。我虽然抓着树枝、石头，还是跌跌撞撞，到了你身旁，浑身都是泥。

你头低脚高，背包抵着树干，压住你的头、肩，浑身动弹不得。

“有没有受伤？”我察看你的手臂、大腿，看不出有外伤。

“我的脚还好，可以动。”你动了动你的脚，“手臂应该也还好。”

“头有没有撞到？”我想移动你的背包，太重了，动不了。

“幸好这个背包够重、够大。我滑下来时，它的重量直往前冲，替我拨开一些障碍物，我又及时用手蒙着脸，没伤到眼睛。我是不是跌进溪谷里了？”

“你的背包顶在一根枯干上，离溪面约半米。”我松开你的背包肩带，小心地将你的右手拉出来。然后将背包往下移，好让你的左手得以伸展，但背包实在太重了，费了好大的劲儿才将它挪开。

我扶着你小心坐起。你的镜框扭曲了，幸好没破。额头被树枝割了好几道伤口，流着血。手背也血迹斑斑，你余悸犹存地看着受伤的手背，胆战地说：“如果不是这双手，我的眼睛可能瞎了。”

你的眼神充满惊吓，我也一样。

这时我才感到害怕起来。万一你跌断了脚，或掉进溪里，或……我不敢再想下去。“幸好你没事。”我喃喃说着，泪水不听使唤地滑下来。

你依旧惶惶然，脸色惨白：“我走得很小心，每一步都很谨慎地踏稳，怎么会摔了下来呢？”

我们不约而同地看着你的鞋子，我说：“该换新的了。”

“是该换了。”你点点头，“这双鞋子陪了我十几年，走过欧洲、美国、南美，数不清已经走了多少英里，我一直舍不得换，但现在……是该将它挂起来了。”

我从你的背包中取出杯子，盛了些水将你的手洗净，也让你洗洗脸、定定神。接着我们讨论该如何爬上去。

这时我才发现山壁实在太高了，刚才若不是急着救你，连要怎么下来都成问题。山壁也很陡，加上你的大背包，我们根本上不去。于是沿着溪床往下走，走了100多米，那儿的坡度较缓，又有小树和石块可以抓撑，我们决定从那儿上去。

山坡虽不那么陡，却没有我们想象的容易。

我先往上爬，在一棵小树旁停下，靠着小树的支撑，接住你往上提的背包，然后将背包卡在树干与山坡间，再继续往右边爬。我在一块突出的石头旁停下，你也已经爬到小树旁，将背包往上递给我。我将背包拖上来，可是背包比石头大，在无人扶持的情况下，根本无法稳立在石头上，我不禁发起愁来。更糟的是，我站立的地方距离山道还有大约一层楼高，除了一些矮树丛外，没有其他的支撑点，光是爬上去都很困难，更别说背着一个大背包。

你突然喊着："我们的晒衣绳在哪儿？"

我懂你的意思了："在我的背包里。"

我将背包往下递给你，然后像猴子似的抓着树丛，小心地往上爬。到了山道后，往回跑去找我的背包，再回到原来的地方。

我将绳子往下丢。你接到绳子后，把绳子系在背包的肩带上。

"可以拉得上去吗？"你问。

"我试试看。"我用力拉着。

天哪，你的背包怎么这么重！我使出全身的力量拉着，在你的帮助下，往上拉了一小段，接着就再也拉不动了。

"被树丛卡住了，你撑着，等我爬到石头上。"你在下面喊着。

少了你的支撑，背包顿时变成两倍重。我使劲地拉着，避免它往下滑。

你爬到石头上，挪动背包，再往上推，我顺势拉起，费了一番工夫，终于将背包拉上来了。

我瘫倒在山道上，等着你上来。

“你的背包怎么这么重？”我问你。

“帐篷湿了，多了两三公斤的重量。”你坐在我旁边，筋疲力尽。

“我来背。”我从你的背包里拿出帐篷，用绳子绑在我的帐篷顶端。

“你可以吗？”你问。

“你忘了我背的都是食物，已经减少了一大半，再说，”我有点得意，“经过这段时间的锻炼，我已经不是刚上路时的我了，多背个几公斤，难不倒我的。”

在你惊吓的脸上，我看到一个短暂的笑容。

经过这一耽搁，时间渐渐晚了，我们急忙上路，想在天色暗下来前扎好营。可惜沿途的营地不是太湿，就是缺乏遮蔽的树林，只好继续往前走，到了约六点钟，才在一条叫巴卡斯的小溪旁扎营。

这天的运气真的很不好，营火怎么也生不起来，有点像上次下雨的时候。不同的是，那时我沮丧到极点，此刻却换成是你。

进入帐篷后，你用手电筒看着地图，说着：“再往前走约五公里处，有一条岔道可以通到肯尼迪温泉，那里有个营区，再沿着七七四号步道走个一天就可以通到公路。”

“你想放弃？”我惊讶地问。

“如果天气还是不好，我觉得我们应该回去。你觉得呢？”你淡然地说。

你不是一个轻易妥协的人，你会这么说，一定是跌入溪谷时吓坏了。我了解你的心情，如果跌下去的人是我，必然也会萌生退意，可是我不想就此中断。

“明天到了岔口再说吧！”我尽最大的努力，让自己的声音听不出失望。

第二天早上，雨停了，我觉得这是一个好兆头。待会儿太阳要是能出来，那就更好了。天气晴朗，你一定会打消退却的念头。

可是，你却没有起来的意思。

“你不舒服吗？”我问你。

“没有，只是觉得全身无力，让我再躺一会儿。”你的声音充满了无力感。

我一个人坐在石头上，望着溪水闷闷地吃着早餐。心里想着，我们的运气实在太坏了，上星期才从大雨中挣扎过来，没几天好天气，又碰到下雪。不过，我不该怪老天爷，那几天的好天气真的很棒，尤其在阿尔卑斯湖区，风清水媚，简直就像世外桃源，我们留下了许多难以忘怀的回忆。

“早安！”一个声音从我背后传来，回头一看，是个留着白胡子的老人家。

我也跟他道了声早安。

“去加拿大吗？”他声如洪钟，高瘦结实的身躯使我想起了山羊比利，不知他现在走到哪儿了。

“不，我们只走到史蒂黑根。”我接着问他，“你一路从墨西哥走来？”

“不走不行啊！”他开怀大笑着。

你被他的笑声引了出来。

“怎么说？”我问。

“我是加拿大人，前年从人类学系退休。很多人都问我，退休后要做什么？我于是认真地想了想，那就做些以前想做却一直无法做到的事。我以前就很想在墨西哥市的人类学博物馆尽情地研究，可惜时间有限，每次都来去匆匆，因此我决定到那儿待个两年，好好地研究那些古老的文物、手稿。我又想，既然到了那里就顺便娶个年轻的墨西哥太太也不错呀！因此我飞到了墨西哥市。我的第一个心愿完成了，在墨西哥的人类学博物馆整整待了两年，看到了我所想看的东西。可惜，第二项失败了。”他说得口沫横飞。

“怎么会？”我对娶个年轻的太太比古物感兴趣。

“唉，活的东西比死的东西难缠呀！”他叹了口气，“我对墨西哥小姐大献殷勤，偏就是没人看上我。我花光了所有的钱，依旧讨不到老婆，连回加拿大的钱也没有。于是就想，何不趁此再做一件这辈子永远也不会做的事呢？我于是利用剩余的钱买了些食品和装备，从4月底开始踏上太平洋山道，决定一路从墨西哥走回加拿大去。”他唱作俱佳，看不出是真的还是在开玩笑，却引得我们哈哈大笑。

你跟他聊了起来。我进到帐篷里收拾睡袋，将所有的东西打包好后，再将帐篷收好。

他对着我们挥挥手，渡过小溪，继续往北方走去。

你开始吃早餐，没再提放弃徒步的事。

中午时分，我们走到步道岔口，你仍没有提起想放弃徒步，继续往北走。我心里暗自欢喜，没想到才走了一个多小时，竟被肯尼迪溪的滚滚洪流给拦住了。

在太平洋山道中，这是一条恶名昭彰的溪流，浊白的溪水如烧滚的热汤般滚滚而下，不仅让徒步者闻之丧胆，也让森林管理处伤透脑筋。肯尼迪溪的溪面其实不宽，五米左右，但因溪床陡峭，水流湍急，每逢冬天如巨石般的雪球滚滚而下，不知毁了多少座桥梁，逼得山道管理处俯首投降，放弃修建计划，只将一根圆木横跨两岸，成了名副其实的独木桥。

在这一路上，我们遇到过一些由北往南走的徒步者，好几个人都提到他们在过桥时跌入溪中，湍急的水流使他们难以爬起，被冲了好几英尺远，而且是在天气好的时候。经过前两天的大雨，湍急的溪水漫过独木桥，过桥加倍危险。

你放下背包，说要到上游寻找较安全的过溪点。你去了好久，没有找到安全的越溪点，再度回到溪边。

“该不该冒险过溪？”我们彼此互问着，却没有答案。

我心里想着，在溪水的冲刷下，独木桥必然湿滑无比，我们又背着大背包，想保持平衡就更难了，况且你的鞋底已磨平，走在湿滑的独木桥上实在太冒险了。你失足跌入溪谷中，我依旧心有余悸，你也尚未从惊吓中恢复，我们似乎不应该再冒险了。

问题是，如果过不了溪，是否就要放弃徒步呢?

不知道那个加拿大教授是怎么过溪的?

望着滚滚溪水，我们默默地吃着午餐。天空又飘起雨来了，汹涌的溪水不会在短时间内消退的，也许这是最后一次的步道午餐，我绝望地想着。

午餐后，我在溪旁徘徊着，你闷声不响地坐在岩石上。

我举起溪旁一根如电线杆般粗的木头，天真地想着，如果再架起一座独木桥，走起来或许会安全一些。那根木头不够长，无法横越整个溪面，我想将一边跨在独木桥上。当我将木头往溪里放时，那木头竟不敌湍急的水流，眨眼间便被冲走。这一幕看得我头皮发麻，如果我们之中有一个人跌入溪中，铁定会像那根木头一样。

我看了你一眼：“我们回头吧！”默默地背起背包，往来的方向走了去，在岔口处转入六四三四号步道。

你说：

走路看似平常，

好像是一种与生俱有的本能，

其实不然，

那是一种很复杂、很细腻的心理活动。

在美国有个爱走路的梭罗；

在英国，华兹华斯走出了英国文学的浪漫主义，

也把走路变成一种流行运动；

德国大哲学家歌德每天都准时出去散步；

法国的卢梭则为走路作了一个最好的诠释：

“只有走路才能思考”，

这句话精妙地点出

走路与心理活动间的巧妙关联。

又回到山道上

我贪婪地呼吸着清净的空气，摆动着舌尖，品味着森林的甜味。

再度回到太平洋山道上，
就像遇到睽违多时的好友，
我们不期而遇的眼神中充满了振奋与欢喜。
刹那间，汗水化为喜悦之珠，喘息变为欢乐之声。

走出帐篷，还不到六点，星光依旧闪烁着。

我扭开手电筒，在微光照映下朝帐篷后的树丛走去，准备取下昨晚吊在树上的食物。营地布告栏上张贴着熊在附近出没的消息，以斗大的红字提醒露营者小心。我真的很怕熊会突然从树丛后跑出来，一颗心怦怦跳得好快，回头看了你一眼，你正忙着收拾帐篷。我告诉自己，大胆一点，朝挂着食物包的那两棵大树快步走去。

我一边东张西望，一边迅速解开绑在树干上的绳子，当食物包缓缓降落到地面时，熊并没有出现。我松了一口气，却不敢大意，急忙取下食物，回头走向营地。

东边的天空已露出鱼肚白，我迅速煮了热水，一杯热腾腾的巧克力喝下后，整个身子顿时暖和了起来。接着准备早餐。

背后传来一声惊叹，我急忙回头。

只见你手里捧着收到一半的帐篷袋，傻傻地望着天空。我顺着你的目光仰头望去，顿时也呆住了。

一道玫瑰色的晨光沿着嶙峋的山脊跳动着，那道红光在靠近山顶的空中，像泼洒在水中的墨汁，将天宇染成一片红晕。红光在山脊上跳跃着，渗入山岩的每一道皱褶里，颜色慢慢加深，然后晕染开来，刻画出一道道的山沟与背脊。晨光持续跳动着，由玫瑰色变成橘红色，再变成金色，仿佛一位色彩魔法师，一面在穹苍中变幻着色彩，一面替阴暗的树林和晦暗的石头化上彩妆，还在一对栖息枯枝上的黑色大鸟身上洒上迷人的光晕。山脊上的线条随着光芒不停地变化着，一会儿迸裂，一会儿滑动，一会儿收缩，整座山一下子被拉近了好几英里，幽暗的森林也顿时活跃了起来，大鸟却动也不动，依偎在彼此怀中。

或许它们正做着一个金色的梦吧！我心里想着。

你一脸的陶醉，把收拾了一半的帐篷忘得一干二净。

我的视线又飘向远处的高山，金色的光芒持续在山脊上变化着，我喝下最后一口热巧克力，像在宣告什么大事似的，信心满满地说着："今天将会是一个好天气。"然后转头继续准备早餐。

关于好天气的预报，昨天傍晚已从两位在此露营的青年口中得知，但经历过风雪的侵袭后，对于所谓的"气象报告"心里多少存了一些猜疑。不过，看到睽违许久的太阳终于露脸，心里还是很开心。阳光虽然还很高、很远，却不难发现它似乎怀着一种补偿的心情，迅速地在山林间移动着，不一会儿工夫便已将东边的山林点缀得金黄亮丽。

七点不到，我们已置身灰暗的松林步道中，沿着西北方向攀爬。

昨天的太阳一大早就出来了，我们将所有的东西拿出来晒。衣服、袜子、睡袋挂满了绳索，还将睡垫披挂在树丛上；连地图也摊开来，以石子压在地上晒着。

你也坐在阳光下，做着日光浴，出乎我意料地说："天气好转了，我们继续回到山道上。"

我惊喜得无法言语。

你接着说："那会是一段相当艰难的爬坡，要有心理准备。"

我不怕，只要能再回到太平洋山道上，就算要爬上6000英尺我也不怕。

你又说:“比6000英尺还要高，据地图上的标示是6700英尺。”

我“嗯”了一声:“这么高呀!”

“我知道你可以的。”你以一种赞赏的眼神看着我，“你知不知道，在山道中的这些日子，你变强壮了。”

这个变化我是知道的。

肩膀的重担不再困扰我，我可以挺直腰身走路。还有，脚上的肌肉也增加了，迈动的脚步比之前更大，也更快，而且不再觉得酸痛。

我兴奋地恨不得立刻收拾东西就走，但一想到那湍急的溪流，不禁又担心起来:“万一溪水还那么高，怎么过去?”

“不必过溪，我们沿着六三七号步道往西北方向走，就可以回到太平洋山道。”你在地图上指给我看，我的心又怦然跳了起来。

我突然想到食物:“可是这一耽搁，食物够吗?”

“我们原本就多带了一两天的食物，没问题的，不过得加快脚步才行。”你又指着地图说，“我们从这里出发，会比原来的路程多上十来英里，而且得从这里的3300英尺爬到6700英尺，再下降到5000英尺，然后再爬到6500英尺的火溪垭口，这一趟路并不轻松。”

只要能回到山道上，每天多走个几英里，或多爬一两千英尺，谁在乎呢!

阳光一大早就露出笑脸来，或许老天爷觉得对我们的考验已经够了，便以最好的天气来回报我们。

山道果然很陡，我一边调整着呼吸，一边往上爬。早晨清新的空气虽然舒缓了急促的喘息，我们依旧走得汗水淋漓。愈往上走，越发惊叹这片杉林之美。我贪婪地呼吸着清净的空气，摆动着舌尖，品味着森林的甜味。杉林笔直高挺，展现出一种充沛的生命力和宁静肃穆之美。一股难以言喻的喜悦，正如波涛般向我袭卷而来。

此时，我更能体会你何以如此喜欢太平洋山道和在野地里长途徒步。

长途徒步是一种自我沉思，一种心灵的沉淀。相较于城市生活的忙乱、喧嚣，山野给人的是一种清新、原始和宁静的自我空间。

走在宁静的山林中，意念集中于双脚上，身体随着自然的韵律而摆动，鼻子呼吸着清新的空气，眼睛看着景色的变化，皮肤享受着风儿轻抚的轻快，心里自然会感到神清气爽。这种感觉有点像中医所说的，达到了“精、气、神”的最佳状态。

我说：“人们天天在走路，却很少思考过走路这件事，很奇怪，是不是？”

你回答：“走路看似平常，好像是一种与生俱有的本能，其实不然，那时有一种很复杂、很细腻的心理活动。”

你又说：“在美国有个爱走路的梭罗；在英国，华兹华斯走出了英国文学的浪漫主义，也把走路变成一种流行运动；德国大哲学家歌德每天都准时出去散步；法国的卢梭则为走路作了一个最好的诠释：‘只有走路才能思考’，这句话精妙地点出走路与心理活动间的巧妙关联。”

我觉得你这段话说得棒极了。当我们在走路时，所看到的外在风景，其实映衬着我们内在的景观，只有走路，才有可能将心理、生理跟外在的世界融成一种互动的三角关系。那是一种健身活动，也是修行。

再度出发，我感觉到仿佛有一股强大的力量从心灵深处源源流出，而且每往前走一步，那股力量就愈加强大。在那一刻我明白了，我可以走遍全世界，我可以在山林野地中悠然过日。

随着高度与徒步时间的增加，山道愈来愈明亮，阳光在我们背后，不时从林间射出耀眼的金光，催促着我们快走。大约一小时后，林间布满了光亮，我们再度登上4000英尺的高度，同时看到了太平洋山道的指标，一块钉在一棵桧木上的木板上写着，往南：红色垭口，往北：火溪垭口。

再度回到太平洋山道上，就像遇到睽违多时的好友，我们不期而遇的眼神中充满了振奋与欢喜。刹那间，汗水化为喜悦之珠，喘息变为欢乐之声。我们站在山道口，大口呼着气，心中澎湃不已。

我们终于又回到太平洋山道上了，我们回来了。

我们怀着愉悦的心情继续迈开脚步，

一个转折后，传来了你的赞叹声。

回头一看，

冰川主峰清晰地矗立在眼前，

背后是一片洁净透彻的蓝天。

终于看到它了！

我屏住气息，

静静地凝视着它。

掀开新娘的面纱

你一手捂嘴，一手叉腰，一副不知道该怎么办的样子。

比起雷尼尔火山，冰川主峰确实平淡多了，

但凡是亲近过它的人，莫不为它那变化万千的美姿所折服。

难怪有人这么比喻："如果说雷尼尔火山是华盛顿州的火山之王，冰川主峰便是它的新娘。"

这一段山道确实不好走，在不到一英里的距离中，高度从4000英尺骤升到6000英尺。

虽然走得汗流浃背，气喘如牛，却也令人感到兴奋。步伐愈往上升，两侧的林木愈稀松，树尖上的蓝天也愈来愈宽阔，云儿从树梢飘过，风儿在枝叶间曼舞，小花栗鼠从步道旁的石缝里探头张望，听到脚步声又掉头跑开，蓬松的尾巴一摇一摆，像极了一朵盛开的芒花。我们走走停停，停下脚步不只是为了休息和喘息，更为了欣赏冰川主峰的美姿。

冰川主峰并不高，9800英尺（3212米）的高度在群山环列的华盛顿州并不显得突出，不像雷尼尔火山高耸入云，又顶着一个线条优雅的白色圆锥山形，只要天气晴朗，哪怕是在平地，也能成为众所注目的焦点。

同样是火山，冰川主峰可没这么幸运，11000多年前的一次大爆发后便进入休眠期，直到5000多年前才苏醒过来。苏醒后却显得懒洋洋的，发过几次不怎么剧烈的脾气，又进入了休眠期，在大雪覆盖下过着寂静的岁月。由于是老火山，早已失去圆锥形的火山外观，又处于偏远山区，而且老是隐没在云雾之中，人们渐渐忘了它的火山身份，甚至忽略了它的存在。直到1850年，一个印第安人向前来此地探查的自然学家提起，在雷尼尔火山北边也有一座会冒烟的山，这才引起人们的注意。不过确定它的火山身份却是40年后的事。

比起雷尼尔火山，冰川主峰确实平淡多了，但凡是亲近过它的人，莫不为它那变化万千的美姿所折服。几千年来，风、雪和冰川默默地在它身上雕饰着；大大小小的冰川从它身上奔流而下，为它刻画出深邃的U形峡谷、斜谷瀑布、陡峭的角峰、冰碛湖、冰川草原等美景；落叶松、云杉、冷杉、西部红雪松、铁杉也争相为它装扮；还有漫山遍野的草地和野花，石楠、龙胆、羽扇豆、冰川百合竞相绽放，宛如一座灿烂的野生花园。难怪有人这么比喻：“如果说雷尼尔火山是华盛顿州的火山之王，冰川主峰便是它的新娘。”

为了一睹“新娘”的风采，我们在太平洋山道中历经重重波折，总算来到它身旁了。可是新娘太娇羞，竟以树林当面纱，层层遮掩。我像个第一次参加婚礼的孩子，心急地盯着林间缝隙瞧了又瞧、看了又看，期待一窥新娘美丽的容颜。它却犹抱琵琶半遮面，如昙花一现般，在我眼前虚晃一下，立刻又放下面纱来。我不由得烦躁起来，你却不疾不徐地说，等翻过了这座山头，就可以看个清楚了。说得也是，我笑自己太沉不住气，被它扰得心神不宁。

一个多小时后，我们翻过一座山头，走出了树林。

一条蜿蜒于山腰间的碎石步道往西边蔓延而去，景色豁然开朗起来。青翠的松林像刚入伍的士兵，一棵棵抬头挺胸站立着，展现出一股阳刚朝气，与娇柔的冰川主峰形成强烈对比，也许它们都是新娘的卫兵。

你举起登山手杖，指着远处松林间一条隐约不清的步道说，“我们早上就是从那里走上来的。”

我眯起近视眼看着，啧啧说道：“想不到我们走了这么远、爬得这么高了。”

步道四周，除了几棵刚冒出头的小松外，尽是矮小的灌木丛和碎石，我猜我们已经越过了林木生长线，再往上走，大概就看不到树木了。我们尚未抵达步道最高点，高山气流已迫不及待地舞动起来，为我们挥去一身热汗，顿时感到清凉爽朗。

我们怀着愉悦的心情继续迈开脚步，一个转折后，传来了你的赞叹声。

回头一看，冰川主峰清晰地矗立在眼前，背后是一片洁净透澈的蓝天。

终于看到它了！我屏住气息，静静地凝视着它。

这是我第一次和雪山亲密接触，近得似乎可以感觉到它所散发出的寒气。阳光照在上面，闪烁着金色的光芒。

你说："有人在攀岩。"

我顺着你的手势望去，两个身影在雪山上移动着，看着看着，眼睛模糊了起来，模糊中似乎看到了一道彩虹……

太阳很大，从无遮无拦的蓝空中冷冷地看着我们，好像在责怪我们不该如此直盯着雪山看。我的目光依然停留在上面，盼了这么久，终于亲眼目睹了冰川主峰的面貌，心中却没有喜悦，反而有种失落。当时我心里甚至想着，如果这是个阴雨天或许好一点。看着看着，渐渐感到晕眩。

你提醒我不要直盯着雪山看太久，会得雪盲症。

我们于是转身继续向前，翻越另一座山头后，终于甩掉那巨大的白色身影。

十一点钟左右，我们经过一条叫冰川的小溪，意外地发现溪旁的谷地上，有个和我们一模一样的帐篷。帐篷旁，一个青年坐在大岩石上，悠然地吃着午餐。

冰川夹着洁白的溪水，一头扎进山谷里。山谷中沟壑纵横，小山头一个接一个，两侧的群山却很深远，视野也很开阔，连隐藏在群山后的冷傲雪山都清晰可见。

你指着群山后凸出的白色山顶，说道："那是贝克山，过了那座山就是加拿大。"

我问:"如果要走到加拿大，得越过它?"

你点点头，"贝克山也是一座活火山，海拔约3200米，那是太平洋山道最后的考验。"

我睁着眼睛看着，它就像一个小白点，却对我产生了无比的吸引力。"下次我们去，好吗?"

你又点着头:"当然好。"

我们将视线拉回到青年身上。他坐立天地之间，独享那份苍凉寂静，让人好不羡慕。

你轻描淡写地说："如果不是肯尼迪溪暴涨，这里便是我们那天预定的扎营点。"

我听得出你的遗憾，安慰你说："下次我们去加拿大时，就从史蒂文森垭口走起，在这儿扎营。"

你笑了笑。

在小溪旁略作休息，补充些体能养分，我们又悄悄地上路了。

缓缓而升的步道宛如一条黄色的麻绳，系在布满地衣的山坡上。快到坡顶时，冷风明显增强了，从背后阴险地偷袭我们。这里的海拔已经在6000英尺以上，周围的山峰几乎都没有树，黑黢黢的山体透出一股冷飕飕的寒意。

步道下的山坡上有几棵瘦弱、单薄的幼松，正以最大的毅力及耐力和寒地气候对抗着。步道旁也有几棵，它们似乎想挣脱林木生长线的限制，在寒冷的高山上另辟一片天地。小松虽然挺直腰杆，可是当风从山坡上呼啸而下时，终究还是颤抖了起来。我也感到一阵冰冷，脚步随之加快。

在步道中走了两个多钟头了，肚子开始咕噜咕噜地叫着，你坚持走到一个理想的地点再吃午餐。我们继续走着，景观似乎没改变的迹象，我再度提出就地用餐的要求，你不再坚持，只说走到向阳的地方再吃吧！

步道开始往下，转向东北方，山梁上只有稀疏的野草，一些暗红的植物点缀其中，显得特别娇艳。接着，步道带我们穿过一片色彩绚丽的坡地。赭红色的朴树莓丛布满整片山坡，叶面上裹着一层红色的亮光，宛如从火炉里冒出的火花似的。我拿出相机猛拍个不停，想捕捉那片绚丽的色彩，可惜光线太强了，无法拍出原有的色彩。

穿过一片松树林后，我停下脚步。它又出现了。

这次，冰川主峰不再以庞然的身影来展现它的巨大，反而退却到一道横卧的山脊后，以沉稳静默的神情，展现出一种成熟的魅力。

你一手捂嘴，一手叉腰，一副不知道该怎么办的样子，过了好久才说："好像有人把镜头拉远了。"

不只镜头被拉远了，还重新构了图：远景是白色的冰山，中景是绿色的松林山脊，近景则是那一大片的彩色地毯。

"我们真幸运。"你再一次说出这句话。

我也觉得。

这次不只看到了冰川主峰，还是最美的角度。

我不停地拍照，面对如此美景，却突然感到没信心，将相机递给你，要你也拍几张，以防我拍得不好。你只拍了两张便将相机收起，示意我静下心来，好好欣赏眼前的美景。

美景当前，我又何必为了拍照而心烦呢？把握当下，就是抓住永恒。我顿时豁然开朗。我们席地而坐，悠然吃着午餐，两双眼睛始终没有离开过它。

吃完午餐后，你躺在草地上小睡，

我则仰头看着天上的云。

在等待中，

我的目光飘移到你那熟睡的脸庞上。

你的额头晒得红通通的，

这才发现阳光还真烈。

看着你，心中又浮现出那行小诗，

默默地跟你说，

我会陪着你一直走下去，

在月亮之西，在太阳之东，

只要有你的脚印的地方，

就会有我的足迹。

月亮之西，太阳之东

你平静下来后，娓娓道出山道上流传的一段故事。

Together we walked the high trails

That run west of the moon, east of the sun.

我们共同走在高山步道上

在月亮之西，太阳之东。

告别牛奶溪，真正的考验才开始。

昨天在火溪垭口时，你指着对面那座高山上的Z字形山道说：“那是明天的大考验。”

那一道道刻画在山腰上的步道，形销脊弯，像铁匠无心的刻痕，也像大书法家的手笔，不知那一道道离奇的曲线会将我们带到何方。

你的声音从风中飘来：“那段Z字形山道是太平洋山道中最

长、最陡的一段，共有38个折口，从3900英尺上升到5700英尺。”

我仔细数了一下，没那么多呀！

你诡谲一笑：“有一大半被树林遮住了。”

我的目光顺着树林降到底处，那儿一片绿油油的，并没有步道。

“到了那儿，你就会看到了。”你转身往下走去。

在走那段Z字形山道前，我们得先从火溪垭口走到牛奶溪，这段由6500英尺陡降到3900英尺的下坡路，比想象中的还要长、还要陡，砾石路面凹凸不平，走起来相当辛苦。我们原以为一小时可以走到，没想到用了两倍的时间，到了牛奶溪时，已经是早上十点半了。我们在溪旁的岩石上小憩片刻，背后的树林里传来熟悉的谈话声，原来是昨天一路同行的那两个青年。

看到我们，他们同样一脸欣喜。

“我们披星戴月、摸黑赶路，就是为了今早能喝一口牛奶，没想到牛奶没喝着，连溪谷长成什么样也看不清楚。”他们之中的高个儿自我解嘲地说着，我们则暗自庆幸昨晚没贸然赶路。

牛奶溪隐藏在幽暗的山谷里，只闻水声潺潺，却看不见奔流的河道。太阳已经爬上半个山头，河畔依旧一片晦暗，两个青年战栗着身子，说是要赶到有阳光的地方，便匆匆上路了。

我们则在溪边逗留了一会儿，为待会儿的Z字形坡道多储存些能量。

十一点钟，阳光终于光临牛奶溪畔，幽暗的溪谷顿时明亮起来，宛如一条悬挂在山谷间的银丝带。牛奶溪果如其名，溪水如牛奶一般纯白，就连岸边的石头也是乳白色的。冰川在搬运冰块的过程中，与溪旁的岩块互相摩擦，产生了细白的粉末，石头因而变成白色，粉末混入溪水，溪水因而成了牛奶色。

来自冰川的乳白溪水奔流而下，拍打着不经意露出溪面的岩矿和四处散布的岩石，激起了巨大的声响，流势很奔放。小溪两岸尽是树林，树干依着溪旁节节升高，凸显了这个山谷陡峭的地势，也促成了那段有38个折口的Z字形步道。

步道在松林中缓缓上升，温度也随之上升，才走了一会儿便已汗水淋漓。每经过一个折口，我便在心里默数一个数字，看看是否真有38个折口。

第三个折口上有棵庞然巨松，高耸入云，我仰着脖子看着，猜想大约有五层楼高，树干浑圆粗壮，恐怕有两百高龄吧！环顾这片山林，处处可见这样的巨松。它们静默地站立在天地之间，不知目送了多少路过的徒步者。在它们的注目下走着，心里不由得感到庄严起来。

才走到第五个折口，背后的衣服已经一片湿，汗珠如泉水般从颈间流下。习惯了高山上的气候，丛林的闷热竟变得难以忍受，还亏我生长于亚热带气候呢！抬头看了一下天空，古老的松林依旧神闲气定，青翠的针叶像刻印在蓝天中似的，动也不动，一点儿风也没有。这一段Z字形山道被茂密的树林重重遮掩，难怪在火溪垭口时看不见。

我的呼吸声愈来愈重，你的必然也是。我回头看看你，你垂着头，一步一步地往上爬。你走得很慢，呼吸与步伐一致，很有节奏感，不像我，像只猴子似的只想快快走，走不动就停下来，休息几分钟又开走，走得毫无章法。

Z字形步道有长有短，有的隐藏在松林中，有的暴露在阳光下，有的地方明明一两步便可以跨上去，折口却拉得很长，我感到很不耐烦，便偏离山道自创捷径。你很不高兴，不许我这么做。

“为什么不行，可以省一些时间。”我反驳。

“省不了多少时间的。”你说，“如果大家都为了一时的便利，擅自偏离步道，随意乱走，不知道会走出多少新步道来。为了省那几分钟，结果造成土壤流失、植被破坏，你觉得划得来吗？”

我一时哑口无言。

你接着说：“Z字形步道的设计，不仅仅是为了避免步道坡度过陡，让人走起来舒服些，更重要的是为了水土保持。倾斜式的直线形步道太陡，行走时容易滑倒，土壤也会因雨水冲刷而流失，不好维护，这就是Z字形步道存在的必要。身为一个徒步者应该保护山道，不应该随意破坏它。”

我感到耳根一阵红热，不只是为此时的举动感到羞愧，也因过去从未思考过这个问题而破坏了台湾的步道。

偏离步道的情形在台湾很常见，我也常犯这样的错。不过，会偏离步道倒不全是为了省时，而是台湾有些步道行走的人太多，因过度践踏造成地基下陷、积水或泥泞不堪，简直难以行走，人们才会往两旁另辟新路。长期下来，步道不断向两旁扩张，或发展出新的步道，水土流失和植被破坏的情况相当严重。

很多破坏源自图一时之便，无知和缺乏思考也是原因之一。我提醒自己日后得小心。

经过第14个转弯口时，无意间发现，山道旁的一棵大松树上钉着一块红色的牌子。我的近视眼看不清牌子上的字，却知道那不是步道指标。在太平洋山道中除了方位指标外，几乎看不到任何文明的痕迹，那会是什么呢？我感到奇怪，却懒得再走回去，便在原处等着。当你走近时，我喊住你，要你看看上面写些什么。

你停下脚步，喘了喘气后，转向那棵大松树。

你突然放声哭了出来。

我吃了一惊，急忙跑过去，抱住你：“上面写了什么？”

你没回答，只用手比了比，意思是要我自己去看。

我朝那棵大松树走了过去，终于看清楚牌子上写的字：

Together we walked the high trails

That run west of the moon, east of the sun.

我们共同走在高山步道上

在月亮之西，太阳之东。

你平静下来后，娓娓道出山道上流传的一段故事。

有一对热爱山林的徒步者，共同走过无数的山野荒林，他们的足迹也遍布太平洋山道上。后来其中一个亡故，他的伴侣遵照他生前的遗言，将骨灰撒在他最热爱的太平洋山道上，并写下了这段纪念诗句。

你说："以前在走这段山道时，就很想看看这首诗，却不知为什么而错过了，没想到在没有心理准备下，突然读到这么感人的诗句，一时无法自已，才会放声哭了起来。"

你拭干泪水，又仔仔细细地看着那句诗，像在凭吊似的，神情相当庄严。

我也被故事感动了，默默想着，能找到一个可以长期在荒野中徒步的伴侣是多么幸运啊！我不禁想到了在阿拉斯加湖边遇到的那个青年、带着狗徒步的女人，还有几天前在深湖所遇到的那位妇人。

她说，她和先生一直很想结伴走全程的太平洋山道，可是她的先生必须上班，无法挪出那么长的时间。他们于是想出一个办法：她走全程，她的先生则分为几个小段陪她走。就这样，他们一起从墨西哥出发，在山道走了两个星期后，她的先生回去上班。她独自走了一个月后，先生又来陪她走一个星期，再回去上班。又过了一个半月，先生再来陪她走一段。就在我们见面时，她的先生才刚离去。她说，她的先生会在史蒂黑根和她会合，再一起走到终点。她喜滋滋地说："虽然我们不是时刻在一起，却是有始有终。"她的神情比那个带狗的女人多了一分幸福的感觉。

我不知道写那句小诗的人是谁，也不知道他们的荒野经验，但当目光触及那句小诗时，心头却相当感动。我终于了解，你为什么会一直鼓吹我前来。

我们休息了一会儿，又继续上路。

Z字形山道穿过针叶林道，转入矮树丛，又穿过碎石小路。这段山道没有树丛遮掩，是我们在火溪垭口看到的部分。我好奇地想着，此刻若有人站在火溪垭口，是否看得到我们呢？

脚步随着心中默数的数字逐渐增加，天空愈来愈明朗，空气也愈来愈清凉。当一阵凉风从脸上掠过时，我知道山顶快到了。

终于到了第38个折口，步道在草丛中蜿蜿蜒蜒，似乎还未到达终点。我们却已经累坏了，决定在一片蓝莓丛旁的草地上休息。

吃过午餐后，你躺在草地上小睡，我则仰头看着天上的云。

天空宛若一座大舞台，白云舞动得很快，有时形状很具体，有时又像抽象画，变化之多，教人叹为观止。风儿躲在松林后奏起小乐曲，鸟儿也不甘寂寞，叽叽喳喳地唱起荒野之歌。小花栗鼠也来了，在我身旁蹦蹦跳跳。一只蓝色大鸟从松林上飞了下来，停在蓝莓树丛里。它那一身宝蓝色的羽毛，晶光闪烁，好像抹了一层油似的，胸前一片白雪，细柔光辉，看得我目不转睛、屏气凝神。

大鸟飞走了，我满心期待着再见它一眼。

在等待中，我的目光飘移到你那熟睡的脸庞上。你的额头晒得红通通的，这才发现阳光还真烈。

看着你，心中又浮现出那行小诗，默默地跟你说，我会陪着你一直走下去，在月亮之西，在太阳之东，只要有你的脚印的地方，就会有我的足迹。

你醒了，问我：“笑什么？”

我摇摇头，什么也没说。

背包上肩，再度出发。

大约十分钟后，又看到冰川主峰朦胧的面容。我站在岩石上，与火溪垭口遥遥相望，真不敢相信我们竟然翻过了一座山谷！

“这才是最高点。刚才如果多撑个十分钟，就可以在这儿午餐了。”你的语气中充满了遗憾。

这里的景色确实美极了，冰山环伺，古松苍苍，白云悠悠，还有一片绵延不绝、五彩缤纷的山坡地。若能在这儿吃午餐自然好，但在花栗鼠与蓝色大鸟的陪伴下，我也度过了一段难忘的时光。

山道沿着大岩石缓缓而下，很快地将我们带进一大片冰川百合丛中。百合已谢，叶子也黄了，但在阳光下，那一大片草丛却灿烂如金，耀眼得令人难以挪开目光。就在我们快步下坡时，山谷中回荡着你我的声音。

我说：“我想看看这片冰川百合盛开的景象。”

你说：“好，我们明年8月来。”

山道两旁是一大片的草地，
草叶吸尽了太阳的红光，红得很狂野，
洒脱无羁，株株挺身向上，
乍看之下就像2月的春花，
如火如荼地争相绽放。

漫山遍野一片红灿灿的，
像正在燃烧的烈火，热情奔放，
仿佛所有的树、所有的草都约好了，
要在这晴空下尽情演出秋的迷狂。

那一片红，是我从所未见的。

霜叶红于二月花

当黄叶随风而落，我总会顺手拾起，将秋天收藏在口袋中。

我们不仅来对了时间，
也来对了天气，
如果像前几天烟雨蒙蒙，
这一片火红必然会隐藏在烟雾山岚之中……

我们原想加快脚步，以弥补食物之不足，但景色实在太迷人了，不知不觉又放慢脚步，尽情地享受美丽的山野风光。

“行到水穷处，坐看云起时”，最能形容我们的这段旅程。

但既要纵情于山林之中，就得面对食物短缺的问题，我们决定不走到史蒂黑根，从云之垭口离开太平洋山道，向东转入一二七九号步道，以两天的时间走到奇兰湖，在那儿画下句点。

你问我：“没走完全程会不会觉得遗憾？”

我摇了摇头：“我看到了冰川主峰，欣赏了山林里最美的景色，没什么好遗憾的。”

一二七九号步道大概许久无人走动，树丛高及人身，枝丫横生，几乎快将步道淹没了。我们用登山杖拨开树丛，一路小心翼翼地走着。

走出树丛后，是一片巨石坡道。步道在巨石堆中蜿蜒向前，我们一上一下爬得颇为辛苦，之后是一段上升步道。秋老虎般的太阳在我们的头顶上发威，烤得我头昏眼花。我闷着头走着，心里实在纳闷，这里既然叫云之垭口，怎么会没有云呢？有云，就不会这么热了。

我们只知道这段上升步道会把我们带上6600英尺的高度，万万没想到，它也将我们带进了美丽的秋天。

一直以为最美丽的秋天在杜牧的诗里。每当读“山行”这首诗时，就会被那句“霜叶红于二月花”带进一片如春花般的秋野中。过了云之垭口后，才知道最美丽的秋天不仅在杜牧的诗里，也在美国西北部。

山道两旁是一大片的草地，草叶吸尽了太阳的红光，红得很狂野，洒脱无羁，株株挺身向上，乍看之下就像2月的春花，如火如荼地争相绽放。漫山遍野一片红灿灿的，像正在燃烧的烈火，热情奔放，仿佛所有的树、所有的草都约好了，要在这晴空下尽情演出秋的迷狂。

那一片红，是我从所未见的，特别是在这个季节里。秋叶红得像春花，不，比春花更艳丽、更火热。难怪杜牧会说霜叶红“于”二月花。这个“于”用得实在传神极了，如果用“红似”“红如”就逊色多了。

在这满山秋色中，我欣惊若狂，不禁想起了白居易。

白居易写过一首诗：“人间四月芳菲尽，山寺桃花始盛开。长恨春归无觅处，不知转入此中来。”

这首诗是描写白居易在寻找春天时的心情。每到了农历四月，花儿都凋零了，到处一片落英残花。感叹春天走得太匆忙的白居易，有一天上山到大林寺，惊喜地发现山寺外的桃花开得灿烂迷人。他恍然大悟地叫着：“啊！原来春天未曾远去，只是淘气地和我玩捉迷藏罢了！”

白居易在大林寺找到春天的心情，就像我在山道上与红色的秋天不期而遇一样。众里寻他千百度，蓦然回首，那人却在灯火阑珊处，那种欣喜是笔墨难以形容的。

你躺在红色的草地上，万分珍惜地说：“我们的运气实在太好了，若早来或晚来两个星期，未必能看到这样的色彩。”

我以同样的心情回应你：“红色的秋天是可遇不可求的。”

我们不仅来对了时间，也来对了天气，如果像前几天烟雨蒙蒙，这一片火红必然会隐藏在烟雾山岚之中，就算有透视眼，也无法享受到红于二月花的秋叶。

这是我所见过最美的秋天，不，应该说，是我第一次见到红色的秋天。在英国我也见过美丽的秋天，但不是红色的。

英国的秋天是金色的。

我喜欢大步踩在厚厚的落叶上，弄得簌簌作响；也喜欢躺在落叶上，逆着光看着树上的黄叶。由下往上看，那一片片扁圆形的树叶透着明亮的光彩，像一枚枚挂在树上的金币，风儿一吹便叮当作响，好听极了。当金币随风而落，我总会顺手拾起，将秋天收藏在口袋中。

我更爱的是，夕阳与黄叶道别的那一刻。

夕阳临去前，总会将黄叶装扮得金碧灿烂，像个即将赴宴的贵妇，然后与之共舞一曲。东边的天空渐渐暗淡下来，远处的房舍也朦胧起来，唯有那一片金黄树林依旧耀眼。夕阳渐渐挪开步伐，金色的亮光一点一点消逝，树叶由金黄变成褐黄。就像难分难舍的恋人，夕阳回眸一望，黯然的树叶再度光亮起来，可是那光亮却只维持了一瞬间，转眼又消逝了。夕阳终究还是离去了。当最后一道光芒消失在地平面时，黄叶如同听到午夜钟声的灰姑娘，在漫长的黑夜中黯然失色。

因为黄叶，我爱上英国的秋天，此时又因红色，喜欢上野地里的秋天。

翻过一个小山坡，秋天又以另一番景致迷惑着我们。

山坡仿佛铺上一层彩色地毯，绚烂得令人难以转移目光。

彩色地毯的基色是冰山蓝莓，火红色的叶子上油亮光滑，亮丽透明。白头鹰昂头挺立在金黄色的叶片中，任由秋风吹散一头白发；棉菅也恣意绽放着，和秋风在地毯上玩起追逐翻滚的游戏。地毯的顶端是一片近乎桃红的紫，石楠花紧贴着地面生长，灯笼小花朝下绽开，不畏不惧地挺立在强风中。站立在贫瘠的砂土上的是矮火草，以优雅的桃红花色点缀着秋天的画布。

山坡下是画笔草的天下，红、粉、黄争相出头。传说很早很早以前，一位印第安画家看到天际的红霞，挥起画笔，想留住那片美景，却无法达成心愿，愤然掷笔而去。不意彩笔落地后，竟长出画笔草。这段故事说得很传神，却不及画笔草本身惊艳。

走在秋天的地毯上，我们故意将脚步放得很轻，还一再停下脚步，这儿瞧瞧，那儿看看，多么想剪下一小块秋天的地毯带回家去，或将那满山秋色装进背包里。我不停地按下快门，远景、近景，猛照个不停，无非想留住秋天的颜色。但，有谁真正能留住秋天的颜色?

我们怀着不舍却又万分满足的心情，离开了那片彩色的地毯。山道旁的灌木丛愈来愈高，像一片在风中摇摆的金黄城墙。我的目光在黄色的叶片中飘移着，你突然弯下腰，拾起一根羽毛。长长的、光亮耀眼的黑色大羽毛。你将它插在我的帽檐上。

到了那片湖，再度看见那一片艳丽的彩色草地，也看到了那火红、金黄的树叶，纯净、湛蓝的天空和一池翠绿清澈的湖水。

我们如果继续走在太平洋山道上就看不到这番景色，人生的得失，有谁料得到呢？

你以一种低沉而兴奋的口吻说：
“熊，那儿有只熊。”
我顺着你的手势望去，
是真的，一只小黑熊。

小黑熊出现得正是时候。
它为我们的徒步画下美丽的句点，
也为我们的徒步故事
带来一个引人的开场。
我们看到熊了……

饥饿体验日

终于，我看到熊了，我像孩子般兴奋地大叫着。

在山野中走了这么久，

突然听到“餐厅”这个名词，着实让人兴奋异常。

在前往豪顿的途中，

我们满脑子想的都是各种美食。

除了存粮不足，我们决定提早离开太平洋山道，其实还有一个原因。

距离云之垭口，大约一天半的路程有一个叫豪顿的村子，到了那儿就可以大吃一顿了。

豪顿是个因铜矿而崛起的偏远山村，离奇兰湖约十英里，没有对外的接连道路，唯一的联外途径，是每天两班往返于豪顿和鲁慎间的中转公交车，再搭五小时的渡轮前往奇兰。

在铜矿盛产期间，有200多人居住在豪顿，目前铜矿已停产，村民也都已迁离，除了少数几个老人外，几乎成为一座废村。但因景色优美静雅，某个基督教派便以它作为研习中心，建了一座研习馆、餐厅和住宿会馆。

在山野中走了这么久，突然听到“餐厅”这个名词，着实让人兴奋异常。吃不到蔬果，是我在太平洋山道徒步时最难以忍受的一点，尽管我们所带的都是经由营养专家调配、营养均衡、口味多样的登山食品，但吃久了这种冲泡式的浓缩食品总是会腻的。

对于我的抱怨，你不以为然地说：“拜高科技之赐，我们才有这么好吃又方便的食品，几年前我只能带肉干、面条，又重又不容易煮，你该觉得满足了。”

我是很满足，只是受不了一个月没有吃到蔬果而已。

一想到水果，我的口水都快流出来了。

这一段太平洋山道位于高纬度山区，除了越橘莓、蓝莓外，根本看不到任何果树，不像在英国山区，随时可见野苹果、野李子、野山桃，虽然苦涩，总是能吃的。没有水果，我们倒是在沿途发现了很多菌菇，有的小如纽扣，大的则像脸盆，或圆或扁，有的像伞，有的像碟子，有的则像童话故事里的红色斑点蘑菇，造型相当可爱，色彩艳丽无比，白的、红的、黄的、灰的，彩色的，一簇簇、一串串，叫人忍不住想摘下来。

我们却不敢贸然采集，只怕吃到毒菇。

尽管一般毒菇在形态上有些特点，比方像颜色鲜艳，呈红、绿和黄色，伞部中央呈突起状，或带着杂色斑点。此外，表面有丝状物或小块残渣、鳞片的菇类有毒；伞盖或裂痕部位有黏稠浓液的也有毒。但辨识毒菇是门相当复杂的学问，光凭这些简要的规则是不足以确保安全的，例如有些色彩不鲜艳，外观也十分丑陋的肉褐鳞小伞、秋生盔孢伞也都含有剧毒。特别是在陌生的地方，绝不能过于自信，没有十足把握，我们不敢贸然采取食用。

因此每当看到这些造型可爱、色彩鲜艳的蘑菇，我们只是抱着观赏的态度，东瞧西看，拍些照片留念罢了。有的蘑菇大得像把小雨伞，在照片中难以看出大小，你拿出一个25分的美国钱币放在伞顶上，作为对照，如此一来便可对比出它的实际大小了。

在前往豪顿的途中，我们满脑子想的都是各种美食。

我说："我可以什么都不吃，只要一大盘生菜色拉就够了。"

你说："我想好好吃一大块烤牛肉，外加一大客冰激凌。"

我又说："我差不多忘了苹果派的滋味。"

你则说："好想闻闻葡萄酒的香味。"

我们愈说愈兴奋，口水都流了下来。

在山里走了这么久，要离开了，心里总觉得依依不舍，但一想到能在餐厅大吃一顿，多少冲淡了些许伤感。

你说："就把餐厅当成重新踏进文明的门槛吧！"

这个比喻，我喜欢。

我们加快脚步，特意在午餐时间赶到豪顿。

十一点半左右，我们到了。可是四处静悄悄的，我开始担心会不会今天没有研习、没有人，餐厅就不会开了。

一个穿着“神爱世人”运动衫的男人迎面而来，你向他问起村里的情形，他的回答一扫我们之前的担忧。原来集会得到十二点半才结束，所有的人都在研习馆里。

我们放下背包，四处闲逛。村子相当怡人，前有蜿蜒小溪，后有青翠山岭，几排木造房舍典雅秀气，坐落在山坡上。苍劲的老树枝叶繁茂，鸟儿在林中唱个不停。我们朝餐厅走去，只见大门深锁，未闻菜香，也未见服务人员，有些不寻常。我感到纳闷，你耸耸肩说：“他们总是要吃饭的，别担心。”

然后，我们往昔时的铜矿区走去。一座约五层楼高，抵着河床依山而建的建筑已荒废，但从刻在金属板上的平面图来看，建筑里有条深入地下的隧道，工人搭乘升降梯深入地底，采集铜矿后，再将矿产运出，设计相当精巧。

这里也曾经有所小学，现在也关闭了。

“如此优美的地方，因失去了经济价值，竟如此快速地被遗弃。”我不禁感叹起来。

“但就山林的角度来说，被人类遗弃未必是件坏事。少了人，就少了破坏。人离开得愈久，山林得以复原、涵养的时间就愈宽裕，不也是一种解脱？”你的话别有一番哲理。

“是啊，人们要是能遗弃得彻底一点，将废弃的建筑也摧毁，还原山野的本色，不是更好吗？”

“可是人类偏又喜欢留下所谓的‘历史’。”你一边说，一边指了指平面图旁的一个告示牌。

“但没有历史，我们怎么知道这里曾是一个矿区？”我竟为人类辩护起来。

“恢复山林原有面貌比我们知不知道这里曾是个矿区更重要，是不是？”你不让我插话，紧接着说，“保存历史的方式很多，比方说可以记载于史料上，未必需要将这些废弃的建筑留在山里……”

钟声响起，人群从集会所里鱼贯而出，每个人都提着行李、背包，走向交通车停靠的地方。

事有蹊跷，我们上前打探，得到的消息竟是：“今天是基督饥饿日。”原来主办者为了让教徒体验基督饥饿的感觉，今天不供餐，餐厅因而打烊。

我俩顿时傻了眼，老天爷竟跟我们开了一个这么大的玩笑。我们不约而同地露出无奈的表情，耸耸肩，拿出干粮，坐在集会所前啃了起来。

吃过点心后，继续往奇兰湖的方向走。

你左脚的登山鞋再度开了口。你又拿出胶带，像在包扎伤口似的，绕着鞋子一圈圈地粘起来。你一边粘着鞋子，一边自鸣得意地说：“这双登山鞋穿了十年，带着我走过千山万水，是我生命中重要的伴侣。”

我再一次说：“再有感情，坏了总该换新的。”

你却又说：“实在舍不得。”

我不得不提醒你：“这么快就把跌入溪谷的事忘了？”

你淡淡地叹了口气：“你说得对，是该换了。”

我不再应声，目光随着白桦树在秋风中舞动起来。

白桦树的叶子是林木中最早掉落的。叶子落尽，韶华将随风而逝，冬风会无情地蹂躏它那雪白的枝干，雪花会在柔细的枝条间飘飞。不过，在酷寒到来之前，白桦树总会穿上亮眼的金色舞衣，在秋风频起的季节里，摆动着雪白的躯干，甩着金黄的叶片，恣意舞出生命中最后的光彩。

我喜欢白桦树，正是因它这火烈般的性格。

舞到精彩处，花栗鼠倏地尖叫，野兔也骚动起来，你以一种低沉而兴奋的口吻说：“熊，那儿有只熊。”

我顺着你的手势望去，是真的，一只小黑熊。我急忙拿出相机，将镜头拉到底，远远地照下它那黑色的身影。虽然很远，还是很满足。

终于，我看到熊了，我像孩子般兴奋地大叫着。

小黑熊出现得正是时候。它为我们的徒步画下美丽的句点，也为我们的徒步故事带来一个引人的开场。

我们看到熊了！

从小，我就不是一个引人注目的女孩。

我知道自己就像只丑小鸭，

而且永远不会变成天鹅。

直到遇到你，

我才逐渐建立起自信来。

我不知道你是从欧洲人的观点来看，

还是具有异于别人的眼光，

在你的眼中，

我是漂亮的；

更重要的是，

你让我相信自己是漂亮的。

女王的玫瑰

你违背了好英国先生的原则，从女王的玫瑰园里摘下了一朵玫瑰……

> 你的脸上闪过一抹羞涩，说：
>
> “你应该知道，我不是那种会跪地求婚的人。”
>
> 我笑了：“你也应该知道，没有玫瑰花的求婚，
>
> 我是不会答应的。”

在奇兰，我们上了渡轮。

渡轮的速度相当缓慢。要是在平常，我一定会沉不住气，此时，我却希望它不要开得太快。慢慢地走，让我可以从容地与这片山野道别。

湖中有人在滑水，有人骑着水上摩托车，空中有水上飞机，相当热闹。

我站在船尾看着层层的山峦向后退去，愈退愈远，愈退愈

远。风吹在脸上，头发在风中飞舞着，在山道中的点点滴滴也随着渡轮激起的水花，在心中荡漾不已。刚踏上山道时凌乱的步伐、肩上的负荷，随着英里数的增加而沉重，当时心中还犹豫是否能走完全程？连续的大雨浇得我意志低沉，几度萌生退意；你跌落溪谷的意外，也让我胆战心惊，一路走得颠颠簸簸，然而在经历这一切时，我不仅看到了荒野中最美丽的景色，也如脱胎换骨般，激发出许多未知的潜能。山野的洗礼，给予我新的生命力。

走在荒野中，浮躁的心静了下来，平和的喜悦溢于胸怀，我清楚地知道，经过这一遭后，再远的路都可以走下去。

一路走来，我晒得好黑，双手粗糙得如长年在田里耕种的农妇，指甲缝里仍积着不易洗净的泥垢。起初，我总是将帽檐压得低低的，在大热天中戴着手套。你看我遮遮掩掩、涂涂抹抹的，一再说："你拥有最美丽的蜂蜜色皮肤，真不知道你为什么不知足？"

我为什么不知足？我想了想："因为大家都觉得白才好看。"

你摇着头："你说的大家，大概是指台湾人吧！欧洲女人要是有你的肤色，不知道会有多高兴！你看她们为了将皮肤晒成咖啡色，不怕辛苦地做日光浴，晒得红通通的，像条熏鲑鱼。"

你说得我哈哈大笑。

你又说："一个女人的美，在于独特的人格，不在外表。"

你的话让我陷入思索中。

从小，我就不是一个引人注目的女孩。在大学时代，与异性的联谊或郊游活动中，如果我不主动找人交谈，很少会有人注意到我。我知道自己就像只丑小鸦，而且永远不会变成天鹅。直到遇到你，我才逐渐建立起自信来。我不知道你是从欧洲人的观点来看，还是具有异于别人的眼光，在你的眼中，我是漂亮的；更重要的是，你让我相信自己是漂亮的。

一个女人的漂亮是没有标准的，可惜被世俗观念和媒体窄化了。如果不是你，我大概到现在依然未能跳出现有的审美观，也缺乏展现的自信。

既然来到山野，就当个山野之人吧！拉高帽檐，看得更开阔；脱下手套，做起事来更利落，还可以感觉到风掠过手臂的清凉。

渡轮行驶了三个多钟头，我在船上的贩卖部买了几张明信片，趁着未完全离开时，与朋友分享山野的心情。

渡轮愈靠近奇兰，我愈觉得不舍，要离开这片山林真的很不容易。虽然我们已经说好明年再回来，但我心里却很清楚，很多地方一辈子只能去一次，下次再回来，谁知道会是多久以后的事啊！

下一次回来，我们可能会走另一段山道，也许往北走到加拿大，也许往南走到俄勒冈州，也许走加州的那一段，谁知道呢？就算真的再走相同的路径，我们也可能直接往北走，不会再弯到云之垭口，不会走到奇兰湖。我有一种预感，再回到这段山道上会是很多年之后的事，到时候我会不会像那个武陵人，找不到桃花源的入口呢?

你不知何时站在我身后，出其不意地说：“经过这一趟，也许我们可以考虑结婚了。”

我回过头来:“这算是在求婚吗? ”

你的脸上闪过一抹羞涩，说：“你应该知道，我不是那种会跪地求婚的人。”

我笑了:“你也应该知道，没有玫瑰花的求婚，我是不会答应的。”

你不再说话，我也沉默无语，两人并肩而站，看着渡轮驶向码头。

到了奇兰，你打电话向杰克和玛格报平安，并告诉他们，我们将在隔天下午回到西雅图。

我们回到杰克家时，玛格给了我们一个大拥抱，还迫不及待地拿出酒来，说要为我们庆祝。在友人的举杯欢庆声中，我们此次的徒步顺利画下句点。

两天后，我们在机场分手，我飞向西方，你则飞往东方。在那当儿，我想起了山道上的那首诗:

我们共同走在高山步道上，

在月亮之西，太阳之东。

我们相约明年再回来。

隔年在回到山道上前，我去了一趟伦敦。

那是英国最美好的6月，空气中弥漫着淡淡的玫瑰花香。我想看女王的玫瑰，我们于是去了伦敦北部的摄政公园。摄政公园的女王玫瑰园里有几千几万朵的玫瑰，不同的品种、不同的颜色，世界上所有的玫瑰品种在那儿应该都找得到。

我们沿着女王的玫瑰园散步，你违背了好英国先生的守则，从女王的玫瑰园里摘下了一朵玫瑰，羞赧地说着："这是你要的玫瑰。"

那朵玫瑰，使我们走进了婚礼中。

这些年来，每到9月，我们都会回到太平洋山道，在不同路段上持续走着。2003年的一场大雨，冲毁了苏西雅特桥及邻近的太平洋山道，肯尼迪溪至史蒂黑根间的这段山道因而封闭，前往加拿大必须绕道而行，我们再也不曾回到云之垭口和奇兰湖。

2004年10月，我们从山道上回到西雅图时，迎接我们的不是玛格的香槟，而是一个令人沮丧的坏消息，杰克病倒了。三年前，杰克得了癌症，一直都控制得不错，在我们出发徒步前，他还开车带我们到码头吃早餐，谈笑风生，一点儿也看不出病痛。想不到才三个星期，他再也起不来了。

他这样的情况已经一个多星期了，顽固的杰克不想去医院，还直说他很好，玛格为此担心不已。我们充当起临时看护，让玛格喘口气，还成功地游说杰克去医院。然而，谁也料想不到，就在我们离开美国的前一天，杰克撒手人寰。

突然丧失好友，你悲痛不已。

杰克和玛格宛然是我们在太平洋山道徒步的见证者，他们的家也成了我们出发与歇脚的场所，如今杰克走了，玛格卖了房子，搬到老人安养中心。我们不仅失去了见证者，也少了歇脚处，人生的变化真让人意想不到。

尽管如此，我们会一直走下去。

图书在版编目（C I P）数据

漫走，在熊的国度里 / 林满秋著. -- 上海 : 上海文化出版社，2013.10
ISBN 978-7-5535-0171-0

Ⅰ. ①漫… Ⅱ. ①林… Ⅲ. ①游记－作品集－中国－当代 Ⅳ. ①I267.4

中国版本图书馆CIP数据核字(2013)第223170号

出 版 人 王刚
责任编辑 熊雪芳

书　　名 漫走，在熊的国度里
作　　者 林满秋
出版发行 上海文化出版社有限公司
地　　址 上海市绍兴路7号
邮政编码 200020
印　　刷 北京慧美印刷有限公司
开　　本 787×1092 1/32
印　　张 6.5
版　　次 2013年12月第1版 2013年12月第1次印刷
书　　号 ISBN 978-7-5535-0171-0/I.065
定　　价 32.8元